LA VELOCIDAD
DE LO PERDIDO

Cezanne Cardona

LA VELOCIDAD
DE LO PERDIDO

TERRANOVA
EDITORES

Montaje digital de portada por Elidio La Torre Lagares

ISBN-978-1-935163-92-3

Impreso en Colombia
Printed in Colombia
Por Panamericana Formas e Impresos S.A.

Terranova Editores
Cuartel de Ballajá
Local V
Viejo San Juan, Puerto Rico 00901

P.O. Box 79509
Carolina , Puerto Rico 00984-9509
Telefax: 787.791.4794
EMAIL: TERRANOVAEDITORES@GMAIL.COM
WWW.TERRANOVAEDITORES.COM
"Leer está de moda; regale un libro"

La velocidad de lo perdido

Porque el comunismo no era más que otro padre...

MILAN KUNDERA

Para las tres mujeres de mi vida:
Lydia Morales Kuilan, mi madre,
Coraly Molina Chinea, mi esposa
y Ariadna Cardona Molina, mi hija.

Nota del autor

La escritura de una novela siempre presupone una existencia innumerable de libros y materiales necesarios para su escritura. De todos estos quiero dejar constancia de algunos: las novelas *Tu nombre en el silencio*, de José María Pérez Gay; *Es cuento largo*, de Günter Grass; *Anfitrión*, de Jorge Edwards; *Docktor Faustus*, de Thomas Mann; el libro *The Berlin Wall: A World divided, 1961-1989*, de Frederik Taylor; la biografía *Lou Andreas-Salomé, Mi hermana, mi esposa*, de H.F. Peters; los libros de ensayos *El mundo trágico de los griegos y de Shakespeare*, de Ludwig Schajowicz; *Las vallas rotas*, de Fernando Picó, Milton Pabón y Roberto Alejandro; y las películas *Good Bye Lenin!*, de Wolfan Becker; *Der Himmel über Berlin (Wins of Desire)*, de Wim Wenders y *Das Leben der Anderen (The lives of others)*, de Florian Henckel.

Por otro lado, no puedo dejar de agradecer a colegas y amigos que hicieron posible la escritura de esta novela con sugerencias y buenos consejos: Mayra Santos Febres y al grupo que compuso su taller de novela (2007-2008). Además, a Edgardo Rodríguez Juliá,

Roberto "Tito" Otero, Luce López–Baralt, Santiago Gamboa, Rubén Ríos Ávila, Malena Rodríguez Castro, Alfredo Torres, Javier Ortiz, Carlos Pabón, Kalman Barsy, Migdalia Fonseca, Francisco Rodríguez Burns, Ernesto "Tito" Rentas, Eddie Ortiz, Antonio "Tony" Hernández, Bruno Ferrer, Noé, Shakira Acevedo, Omar Gorrín y a mis queridos compadres Víctor Rodríguez y David Maldonado.

PRIMERA PARTE

BERLÍN ERA UNA FIESTA

1 Vine a Berlín porque me dijeron que acá podía encontrar el fracaso que necesitaba para convertirme en escritor. Me lo dijo Milena Viterbo, una argentina instructora de violonchelo, de treinta y seis años, de suaves rodillas, frases duras y de entrepierna internacional, que sabía convencerme de mis propias mentiras. «Tenés que viajar si querés escribir», insistió Milena, esta vez con las bragas suspendidas entre las rodillas; el lugar donde sólo dos cosas tienen el mismo peso: la levedad y la derrota. Aún así pensé no atender su vaticinio, pues por aquel tiempo me había encargado de justificar todo, hasta los días de mal tiempo, bajo el consejo de Ernest Hemingway: «lo único que tienes que hacer es escribir una frase real. Escribe la más real que sepas.» Pero la única que conocía era que Milena se acostaba conmigo y con un belga de sesenta y un años y yo tenía que soportarlo. Para ser más justo, mi sexo lo quería. Fue así que supe que me había estrellado con la realidad. Y lo peor, ya había cometido tres errores fundamentales para tener éxito en el tierno mundo del fracaso literario: el primero había sido doctorarme en literatura; el segundo -el más clásico de todos- no haber escrito nada o casi nada que valiera la pena. El tercero, abandonar con resignación y vanidad mi carrera literaria sin haberla comenzado.

«Prometéme que vos escribirás nuestros nombres en el Muro», me pidió Milena en un tono cruel y cursi, mientras estiraba sus bragas para lanzármelas, sin mucha puntería. Entonces no sabía que terminaría dedicándome a su ausencia a bordo de un Boeing 747, a veinte mil pies de altura sobre el Atántico Norte, escuchando por los altavoces del avión la voz del capitán anunciando que el Muro de Berlín había caído.

¿A quién se le ocurrió que un Muro de argamasa y metal defendía mejor la ideología? ¿En qué momento comenzamos a confundir la ideología con el amor? No lo quería saber. Nadie debería saber que la ideología y el amor son mejores cuando no existen. Pero creo que ya era el momento de hacer un inventario de todas las derrotas, las pérdidas.

Por eso vine a Berlín.

2 Los viajes en avión me daban la impresión de que todo queda reducido a un sonido familiar: el zumbido que disimula la falta. Era la noche del 9 de noviembre de 1989. Creo. Llevaba ocho horas de vuelo mirando la tierra de ninguna parte del Atlántico Norte y parecía que Berlín se alejaba con cada turbulencia. Fue entonces cuando, poco antes de abandonar la noche polar y dejar atrás algunos nubarrones, el capitán abrió los altavoces para decir que el Secretario de Agitación y Propaganda del Partido Socialista Unificado (SED), Günter Shabowski, había anunciado una conferencia de prensa. Algo que sinceramente no me importaba, dada la

altura y las horas de vuelo. Pero había algo en la voz del capitán mientras hablaba que no me convencía, aunque cuando anunció las turbulencias fue lo bastante asertivo. Eso sí, no debía ser muy difícil vaticinar mal tiempo, más cuando se viaja a Berlín.

«A las 18:53 horas», dijo el capitán, Shabowski habló de un nuevo decreto oficial, el cual autorizaba los viajes al extranjero entre ambas Alemanias, sin el acostumbrado papeleo. Esta vez la *volkpolizei* no se opondría, dijo. Dubitativo, como siempre, yo sólo esperaba a que la azafata que se reía con entusiasmo por lo que escuchaba, tampoco se opusiera a mis remilgos. El capitán continuó diciendo que los berlineses del Este, de la República Democrática Alemana (RDA), se habían presentado frente a los puestos de control, como casi todas las noches falsas de octubre y noviembre, y habían declarado a viva voz: «¡El Muro está abierto!» La azafata a la que yo miraba con entusiasmo le preguntó a otra si había champaña para celebrar, pero luego se dio cuenta que lo había dicho muy alto y entró en la cabina de control tapándose la risa con las manos.

Era difícil que el Muro se derrumbara después de que tantas manifestaciones de jóvenes de la RDA fueran vapuleadas por el gobierno y el propio Shabowski, como lo había hecho tantas veces, por casi setenta años de control. Eso lo sabía, no porque fuera alemán, sino por ser estudiante graduado de germanística. Aunque esto no significa nada. Pues no hay que tener dos dedos de frente para saber que el hombre es el único animal que dice: todo va a estar bien, cuando algo se derrumba. No ha pasado nada cuando ha pasado todo. Allí comienza el castigo, cuando no ha comenzado el crimen. Aquí terminan los recuerdos, cuando sólo comienza la culpa.

Fue entonces que me pregunté por primera vez qué rayos hacía viajando a Berlín. Pensé en mis años de juventud, en los nombres falsos de revolucionarios muertos que escogí para mi nombre, en las arengas políticas que vociferaba ya sin voz, en la fe ciega por la ideología, ¿puede existir otra? Recordé aquellas mujeres que amé sólo por usar una camisa del Che Guevara, pero sin sostén, en la alegre tristeza de querer morir por un sueño vano, en la tierna pesadilla de encontrar un padre en la política.

¿En qué momento se había jodido todo esto?

3 «La política es la mueca del amor», me había dicho una vez Milena. Y creo que no se equivocó del todo. Pero Milena era de esas mujeres que recuerdan la materia de la que estamos hechos: ardor y espera. A pesar de su edad, Milena guardaba en sus ojos la adolescencia de los relojes, la sabiduría de una mujer que no espera nada y la tierna vulgaridad de los músicos cuando no están tocando. Incluso, fue poco antes de comenzar un

concierto dedicado a Shubert que Milena me dijo que el belga le había propuesto matrimonio y que aceptaría. Mientras afinaba su violonchelo y lideaba con mi rostro de traición, me dijo que yo nunca podría darle la libertad que ella necesitaba, ¿la libertad que un biólogo de sesenta y un años podía ofrecerle? «Sos un sentimental», me dijo con su mejor arma, después del sexo: sus muecas.

Los ochenta fueron los años en que todo el mundo tenía algo que decir y no se decía nada, la década en que la presidencia de los Estados Unidos estuvo a cargo de un actor de cine, Ronald Reagan. Pero algunos dicen que su verdadero talento comenzó en 1934, durante el último juego de una semifinal ya en el noveno turno entre Chicago y St. Louis, cuando trabajaba como locutor y narrador de juegos de baseball. Esa temporada hubo más desperfectos electrónicos en su cabina que ninguno y el joven Reagan tuvo que improvisar un juego ficticio en lo que la transmición era restaurada. Cuando se restauró, la imaginación y la intuición no echaron a perder su vaticinio: Chicago ganaba por un cuadrangular en la última de la novena. De aquí a convertirse en actor no había mucha distancia y poco tiempo después se hizo famoso no sólo por actuar en *The Killers*, basada en un cuento de Hemingway, sino por una frase en la película *King's Row:* «¿Dónde está el resto de mí?», decía con la mueca de la falta. Con esa misma ironía de actor, en junio de 1987 Reagan dio un discurso frente a la Puerta de

Branderburgo y atrás, en la tarima, entre las banderas se leía un anuncio: ACHTUNG sie verlassen jetzt West Berlin (Atención, usted sale de Berlín Occidental). Allí dijo: «Secretario General Gorbachov, si usted realmente busca la paz, la prosperidad de la Unión Soviética y del este de Europa, si busca la liberalización: ¡Venga aquí! ¡Abra esta puerta! ¡Derribe este Muro!» Inocente y cínico, Reagan terminó su discurso citando, en un pésimo alemán, los versos de un poema de Goethe titulado *Estados Unidos*: América, que suerte tienes.

Dos días después que llegué a Austin no me sorprendió ver a Reagan burlándose de su contrincante, Jimmy Carter, mientras el país sufría una crisis económica: «Una recesión es cuando tu vecino pierde su empleo. Una depresión es cuando tú pierdes el tuyo. Y recuperación es cuando Jimmy Carter pierde el suyo». El verano en el que llegué a la Universidad de Austin a estudiar germanística, la Unión Soviética, el oso enfermo como le decía Ronald Reagan, demostraba su poderío en Afganistán y Estados Unidos en América Latina; los primeros mostrándole a los afganos la dictadura del proletariado desde helicópteros armados, los segundos imponiendo la democracia con dictaduras. La Guerra Fría recrudecía en América Latina y Reagan, el «Presidente de Teflón» armó, sin el permiso del Congreso, a los Contra en Nicaragua para derrocar a los sandinistas. Fue Milena la que dijera que no le gustaba que los políticos hablaran de la Guerra Fría, sino la guerra de las muecas: perdería el país que cerrara los dos ojos primero. América Latina nunca los había abierto.

4 En el avión los pasajeros no podían contener las risas y los sobresaltos después de la noticia que había dado el capitán. Yo decidí abrir el libro que Milena me había regalado antes de viajar: *Crónica de Berlín* de Walter Benjamin. «Hace falta desconocimiento, nada más.», decía Benjamin; una frase que yo quería subrayar y a la que había llegado muy tarde.

Poco antes de viajar a Berlín había completado mis exámenes doctorales en germanística, en la Universidad de Austin, y escribía una disertación sobre el poeta Reiner María Rilke. Me parecía estar llenando páginas inútiles, sobre todo en un país monolingüe y en el que cualquiera se convertía en un especialista con sólo abrir los ojos. Y cada vez que abría un libro o escribía una monografía con la prisa de los aguaceros, la realidad se alejaba y con ella mi sueño de convertirme en escritor. Frente a una ventana en el dormitorio de estudiantes en Austin, traducía versos, leía adustas biografías, esperaba por aquella palabra para designar lo que no existe. Y hasta memorizaba posibles inviernos en la casa de Schmargendorf, en el antiguo límite de Grünenwald, en la que Rilke escribiera algunos poemas en los que yo trabajaba; el mismo lugar de donde

Nietzsche huyera acongojado tras su último amargo rechazo de matrimonio que le prorrumpiera Lou-Andréas Salomé. En aquel lugar, frente a una ventana y el reflejo diáfano de los abedules, desnuda y con un falso noviembre entre las piernas, Salomé le sugirió a su nuevo amante, el joven poeta René María Rilke, que cambiara su nombre de René, por Reiner y éste aceptó con la misma conformidad de la luz frente a la penumbra. Era fácil robarle la tinta al abismo para imaginar a Rilke aceptando su nuevo nombre ante el atardecer salado de Salomé, mientras Nietzsche se preguntaba «¿cómo mamaría de los pechos de la luz?» a pocos metros de altura del nivel del mar, en Turín, con la lucidez de la

24

sífilis y la soledad de los ocasos.

Lo difícil venía cuando me abandonaba a la realidad y desechaba lo que había escrito; pensaba en la inutilidad, en la tautología que resultan ser las disertaciones doctorales y en aquel diálogo montaraz que tuvo Rilke cuando viajó a Rusia con Salomé a conocer al gran León Tolstói: «Uno nunca debería dedicarse a la lírica», le dijo el viejo Tolstói al joven poeta. «Búsquese otra profesión», insistió, mientras caminaban por el bosque de Yasnaia Poliana, en la casa de veraneo del escritor.

«Uno nunca debería dedicarse a la lírica.» Esa era la única frase que debería escribir. La única. Y ni siquiera yo la había escrito. Uno nunca debería dedicarse a la literatura, sólo había que leer… La escritura podía esperar,

llegaría en el momento en que ya no sirva para nada, pues el tiempo no tiene sentimientos. Jamás los tendrá por más que atendamos los remilgos de las fechas, los acontecimientos, lo perdido.

5 De niño me dijeron que era bueno para las fechas, quizás porque había visto a mi padre una sola vez. Y cuando le decía a mi madre que quería conocer al señor que tanto mencionaban entre sus amigos, el gran líder de la revolución rusa de 1917, Vladimir Lenin, ella me decía que había muerto hacía muchísimo tiempo y que mi padre había sido un espía o algo parecido. Fue después que supe cuál de los dos murió primero. Pero nunca hubo una foto de mi padre en mi casa, y cuando yo hacía alguna travesura, mi madre me decía que alzara la vista por encima del piano de pared donde había una foto de Lenin, un tanto gruñón, con mirada altiva. Y cada vez que preguntaba por mi padre, mi madre me obligaba a subirme en el banco del piano sin subirme las medias, como si la foto de Lenin pudiera aleccionarme o cambiar el rumbo de lo que había hecho. La vida era eso, el ensayo para el arrepentimiento y una fotografía. Y como era imposible salir de las fotografías, me entretenía pegando todos los mocos posibles que podía sostener mi nariz en aquella foto ya amarilla, no sé si a causa de la viscocidad que salía de mi nariz o del tiempo. A veces

respiraba lo más fuerte posible todo un día para acumular el moco más grande y colocárselo en la nariz como para devolverle la respiración o ponérselo de peluca al calvo de Lenin. Pero la burla se adormecía cuando no quedaba satisfecho con mi obra, que era obra del tiempo, y lo que hacía era acentuar la ausencia de lo que pudo haber sido o del moco que pude haber acumulado en mi nariz para que Lenin pareciera un caballero inglés con peluca. Descubrí así que las fotografías son regaños del recuerdo, aunque como muchas ocasiones, es la mejor forma de organizar un cementerio.

Y cuando, obligado por mi madre, me cansaba de limpiar el marco y hasta la cara oprimida de aquel revolucionario calvo −que no se parecía a ninguno de los amantes de mi madre− entonces corría hacia ella y me metía debajo de su falda de azafata que, aunque nunca lo fue, casi nunca estaba. Fue así que mucho tiempo después acuñé una frase para describir los malos humores que precedían aquel lánguido olor a periodo: Mamá está pasando por un 1917. Un día mamá vino a recogerme a la escuela debido a uno de esos 1917 y no me molestó que mis compañeros de escuela dijeran que mamá era una azafata con la concha grande. Se supone que me molestara, pero yo todavía no sabía a qué se dedicaba mi madre, aunque sabía que no era azafata, y tenía la concha grande. Mucho tiempo después, cuando padeció de un terrible cáncer, sólo quería recordar los bailes que hacía desnuda por toda la casa en honor a mi padre. Yo prefería recordarlo como era en las fotos en la que no estaba, como las frases reales que debía escribir para convertirme en escritor.

6 Es fácil encontrar en las azafatas la juventud de todas las madres, pues sólo somos pasajeros del recuerdo.

La azafata que yo miraba con entusiasmo las mismas horas de vuelo desde mi última escala en el JFK de New York, era alta, de piernas largas, senos y pómulos bien marcados, pero altiva. Su rostro no cabía en el alfabeto. Era eslava. Lucía un uniforme azul marino, ceñido y, a diferencia de las otras dos, ésta llevaba la falda un poco más arriba. Aunque quizás era mi mirada. Tenía n sombrero que decía el nombre de la aerolínea y, debajo, un cabello castaño recogido que atentaba en contra de mi altura. Todavía me faltaban varios centímetros para los seis y, a los treinta y un años, sólo se puede esperar que crezcan algunas partes. Mi ángel anfibio, por ejemplo.

Intentando calmar las dudas y sobresaltos de los pasajeros, llamé a la azafata para preguntarle cuánto faltaba para llegar. Me dijo que sólo faltaban veinte minutos para el aterrizaje en el aeropuerto de Berlín-Tegel. Ese era uno de los beneficios de estar a dos asientos de la ventana y cerca de la cabina del capitán: las azafatas. Pronto el avión dio un respingo y las azafatas insistieron en que los pasajeros se abrocharan el cinturón lo mejor que pudieran. Yo aproveché la situación para explicarle que creía que mi cinturón estaba dañado. Pronto ella confirmó el vaticinio de mi mentira. Ellas, que eran tres, también se sentaron y se abrocharon el cinturón. La azafata que yo miraba con entusiasmo quedó casi frente a mi asiento. Vi su placa de identidad: Zarka, decía. Había probado con la mentira y actué el recuerdo. Siempre me sucedía. Y ni siquiera para eso tenía voluntad. No le había quitado los ojos de encima y, resignada, decidió mirarme para conseguir algún signo de pudor en mi rostro. Una de las azafatas que estaba sentada a su lado, de pelo negro, piernas flacas y que parecía judía se dio cuenta de la insistencia de mi recta mirada a la ceguera estrecha que quedaba entre los muslos de su compañera. Zarka buscó entre sus muslos mi mirada absorta y yo, con un poco de pudor, sonreí. Lo había conseguido.

Fue entonces cuando comenzó el juego: la única forma de ser empírico con el olvido que se nos han prometido. Para algo tenían que servir siete años de alemán intensivo, declinaciones interminables, y un doctorado en germanística que estaba a punto de culminar. Si no servía para eso había perdido mi tiempo. Cuando el avión se estabilizó, ella se desabrochó el cinturón y, antes de levantarse me miró y abrió un poco sus piernas, algo que pocos pasajeros notaron. Se lo agradecí, aunque no lograra adivinar el color de sus bragas. La luz era tenue, como la luz de todas las sombras. Intenté buscar un gesto para que disimuladamente me enseñara las bragas. Pero no lo encontré. Hay gestos para que una mujer abra las piernas, pero no para enseñar sus bragas. Y no me digan que es lo mismo. Al menos esperaba que no fueran rojas, pues me recordaba a las revoluciones, y era noviembre.

Las turbulencias amainaron un poco, aunque no debajo de mis pantalones. Pero la azafata se levantó y entró al baño. Las luces se encendieron. Fue en ese momento en que, preparándonos para el descenso, el capitán abrió de nuevo los altavoces para confirmar no que nos aprestábamos a aterrizar, sino la noticia sobre la caída del Muro, que sonó en mi cabeza tres veces, primero en alemán, luego en inglés y después en francés:

—Queremos felicitar a todos los pasajeros… La torre del aeropuerto de Berlín-Tegel nos ha confirmado la noticia: el Muro de Berlín está abierto. El Muro de Berlín ha caído. El capitán continuó dando consejos a los pasajeros, sobre qué hacer, como si todos los días el Muro cayera…

Extraña velocidad, la de lo perdido.

No sabía si aplaudir o llorar, definitivamente no lloraría, pues llovía afuera. Pensé en Milena, en su desnudez desde las rodillas hasta su risa de ojos cerrados. Las bragas de Milena tendidas entre las rodillas. Los pañuelos de los aviones estirados en los asientos recostados, arremangados en las despedidas. El aire cálido del avión. El desierto de

Austin. Las nubes, los avisos, los tornados. Los vasos vacíos en los brazos de los asientos repetidos en el corredor del avión. Las servilletas adentro, húmedas, sucias. Las bocas limpias. Las toallas de Milena, con secreciones, con semen, con sudor. La saliva seca en los vasos. La saliva mojada en los pezones de Milena. Pronto me dieron ganas de orinar, pero no pude zafarme del cinturón de seguridad.

Vi que la azafata que me había dejado ver entre sus muslos regresó, pero esta vez sus manos le devolvieron la risa a su rostro y en una de sus manos, escondía algo con la fuerza de las sorpresas, y que no se alejaba de ser una simple servilleta. Puse el codo izquierdo en el brazo del asiento y, como si mis manos fueran responsables de mi quijada, sostuve mi mirada como lo hacen los melancólicos ante las fotografías. Cuando uno tiene las manos en el mentón es el momento de pensar que las manos sólo saben actuar la despedida, la masturbación y la ausencia.

Todo acabó pronto cuando nos preparábamos para el descenso y el avión se sacudió en el momento en que entramos a un nubarrón que devolvían las luces azules y rojas del aterrizaje. La ilusión nunca progresa, la derrota sí. Pensé. Las azafatas se ajustaron también el cinturón. Ella se sentó sonriente buscando mi mirada dispuesta esta vez a abrir más sus piernas como un regalo. Un regalo del Muro o de su caída, pensé. El resto de los pasajeros estaban absortos por la noticia y las turbulencias; todos en un mismo aplauso de miedo y normalidad en el cielo de Berlín. Sin avisar, el avión hizo un viraje hacia la izquierda para descender y vi que a la azafata se le cayó lo que ella escondía con la fuerza de las sorpresas: un pedazo de tela arrugado. Sus bragas. Eran rojas, como temía, y quedaron en el centro del pasillo. La señora que estaba a mi lado volvió a sacar su libreta. Un niñito que estaba en la esquina de la línea del medio fue censurado por las manos de su madre. Aunque no por mucho tiempo. Nadie se atrevió a levantarse, ni siquiera ella, que había cerrado los ojos por pudor. La azafata intentó usar una de sus piernas para alcanzarlas, pero no podía y cuando se quitó el cinturón una pequeña alarma despertó la voz del capitán, que por el momento odiaba. Ella tuvo que ponerse el cinturón de nuevo, sin saber dónde colocar el rostro. El matrimonio que estaba frente a mí miró hacia atrás ladeando la cabeza, un tanto indignados. Y sólo otra de las azafatas rió con entusiasmo, pero sus manos taparon su risa. Cuando el avión se estabilizó, las bragas casi no se movieron del pasillo. Traté de alzar la vista para ver la ciudad, pero como estaba de noche y había mucha luz dentro del avión, en una de las ventanillas se reflejaban aquellas bragas rojas. Aquél era el extraño color de las caídas. Recordé la famosa foto de dos soldados rusos ondeando la bandera roja en un edificio de Berlín en abril de 1945.

Las pocas luces de la ciudad que pude ver estaban filtradas por el reflejo de aquella pieza interior. Los doce minutos que duró el descenso hasta la pista de aterrizaje del aeropuerto hexagonal de Tegel, Berlín tuvo bragas rojas. Al menos así supe el tiempo en que tardan las bragas en llegar al suelo. Sólo un amasijo de tela en el suelo con el cauce de sus pliegues escondían las calles iluminadas de la ciudad, aunque casi se dirigían al mismo lugar, al menos yo lo haría, pero no con tantos pasajeros a mis espaldas. Es en esos momentos en que, sobre el reflejo de los cristales, uno prefiere la transparencia. Pero la transparencia es de esas ausencias necesarias que no viene con la muerte, mucho menos con la vida.

Pensé en las últimas líneas de Rastignac, el héroe de Balzac en *Le père Goriot*, cuando vio desde la parte alta de un cementerio a París y dijo: «Ahora nos veremos las caras tú y yo». No descendía a París, lo sabía, pero desde el avión Berlín era un amasijo de luces. «Ahora nos veremos tú y yo», no sabía si me dirigía a las bragas o a Berlín.

Fue en ese momento que me pregunté qué diablos hacía descendiendo por el cielo de Berlín, escuchando el ruido inédito de aquellas ruinas, amarrado, con el gesto del olvido que nunca conseguiría, y sin poder recoger unas bragas rojas que le pertenecían más a mi mirada que a mi imaginación.

Todo lo que invertimos en la realidad la imaginación lo arrebata con la velocidad del olvido.

7 Bajé del avión con la imagen de las bragas rojas de aquella azafata y la voz del capitán anunciando las ruinas del siglo. Alguien a quien sólo conocí por los altavoces tres veces en las ocho horas de vuelo me había arrebatado la mejor de las muertes que pude haber sido y ni siquiera tenía ánimos para buscarla. Odié una y mil veces el momento en que decidí viajar a Berlín.

Caminé por los pasillos del aeropuerto de Berlín-Tegel como un sonámbulo y como siempre me escondí en el pasado. Los terrenos del aeropuerto alguna vez fueron utilizados por los nazis para realizar las pruebas con misiles V1 y V2, -sin los cuales los norteamericanos no hubiesen llegado a la luna- pero aquello había quedado en las obtusas leyes del olvido; lo sustituía una exposición de fotos y grabados del aeropuerto en los tiempos del imperio prusiano. En una esquina vi a dos empleadas besándose. Ni siquiera habían notado mi presencia de tan imbuidas que estaban en el beso y no creo que fuera el famoso *bruderkuss* ruso.

Hice ruido con los zapatos, se sorprendieron y continuaron actuando, como si nada hubiera pasado, limpiando ventanas a toda velocidad. Continué mi caminata por los corredores del aeropuerto, pero con aquella imagen de las empleadas besándose. Pensé en aquella famosa foto de Erich Honecker, Primer Ministro de Alemania Oriental y Leonidas Breznev, el dirigente que sumió a la Unión Soviética en una crisis económica y responsable de aplastar la revolución de Praga de 1968. Ambos en un beso fraternal (bruderkuss). Hacía diez años de aquello. Era 1979 y la RDA celebraba su treinta aniversario. No hay peor beso que aquel en el que se expresa la máxima confianza en el otro. La foto corrió todo Occidente como una burla y, a su vez, como desconocimiento de aquella costumbre. De allí surgió un comentario curioso que puse en mi examen doctoral, quizás para burlarme un poco de lo que escribía sobre Honecker: «Como político fue horrible, pero hay que ver cómo besa».

Continué caminando por los corredores, casi vacíos de empleados, hasta llegar a la aduana. Había una larga cola y una injusta alegría; los empleados se abrazaban y se besaban como si hubieran ganado finalmente la guerra con la caída del Muro. Ahora aquel beso fraternal de Honecker y Breznev, aquella afrenta que Occidente utilizó como la más vulgar burla, quedaba olvidada.

Pero el problema del amor jamás será el primero, sino el último beso.

8 Cuando llegué a [...]
hacer una larga fila [...]
una de las salas de espera de [...]
la gente se había reunido fren[...]
supone que estuvieran anunciados [...]
y los que nunca llegarían. Todos allí p[...]
de la caída del Muro. El muro de Berl[...]
el periodista. Todo había comenzado con [...]
como empieza todo o casi todo. Decía Shab[...]
sólo había dicho que autorizaba los viajes al [...]
y que los *vopos*, no se opondrían al paso. Ahor[...]
tarde; algunos cortaban las cercas, otros con ma[...]
destrozaban el muro, sin éxito, y uno que otro qu[...]
echar en sus bolsillos o en frascos de formol las ruina[...]
frescas, nadie sabe si para el recuerdo o para el olvido. Los
vopos absortos no sabían que hacer; al menos esta vez no
dispararían.

Como siempre sucedía en mis viajes: ni mis
despedidas, ni mis maletas habían salido; tenía sólo una
maleta de mano donde guardaba libros, como siempre.
Abandoné el gentío, como quien sabe no estar hecho
para los hechos históricos, mas sí para los anacronismos.
Me senté, pedí un café con panecillos que acá le llaman
Schrippen. Yo odiaba las palabras con ese prefijo, pues es
facil confundir deudas, *Schulden*, con culpa, *Schuld*. Al
igual que en ocasiones uno dice *denken*, que significa
pensar, cuando debería decir *danken*, es decir dar gracias.

pto en mi
r *Spiegel,*
Rico –
y la
la

buscar mis maletas, después de
en la aduana, noté que en
el aeropuerto Berlín-Tegel
e al televisor donde se
los vuelos retrasados
ara ver las imágenes
n ha caído, decía
una confusión,
owski que él
extranjero
ya era
illos
iso

35

sentido,
anuncio en el
or de varios huelguistas
iceps y barrigas redondamente
con camisas amarillas, a pleno medio
do a la cámara. Pronto recordé la vaca de *Cien*
s *de Soledad* cuando en Macondo llega la peste de insomnio y con ésta el olvido: «*Ésta es la vaca, hay que ordeñarla todas las mañanas para que produzca leche y a la leche hay que hervirla para mezclarla con el café y hacer café con leche».* Todos lo que habían leído *Cien años de Soledad* en Puerto Rico aducían con orgullo que Gabriel García Márquez se había inspirado en aquella isla. So pena de tan atroz falsedad. Macondo es Puerto Rico, decían hasta los que nunca había leído la novela. Pero yo odiaba aquella afirmación. De alguna forma, toda la barbarie

de América Latina había quedado resumida en una sola palabra: Macondo, y no nos habían ni siquiera dejado la fermentación de los veranos, es decir, casi nada. Quizás, por eso prefería arrodillarme a la espléndida barbarie de Europa. Así que, preferí pensar en la Vaca Colorida que describe Nietzsche cuando discurre sobre el mediodía en *Así habló Zaratustra*. Me agradó la voluntad de poder que llega con el recuerdo. Decidí, entonces, unirme al gentío que se agolpaba frente al televisor y, absorto, supe que Berlín era una fiesta.

Pensé en Milena. Busqué el número de teléfono que Milena me había dejado para contarle lo que acontecía. Pero me detuve y recordé que en estos días estaría casándose con el belga. Desistí. ¿Podía contar si acaso algo de aquel azar fracasado en el que me encontraba? Terminé mojando los panecillos que pedí en el horizonte redondo del café y fue inevitable no pensar en Milena, sin sostenes, con aquella camisa gris de elefante que dice Austin en letras negras. Muchas veces tuve que escuchar los cuentos que hacía Milena de Hans Willenbrok, el belga, según le llamaban. Era, según Milena, jocoso, irónico y lenguaraz. Siempre comenzaba sus clases con una anécdota que Milena ya se sabía de memoria y que yo odiaba. De todos los que sabía mi preferido era el relato que hacía Milena de la adolescencia de Hans en los tiempos en que Hitler anexó a Bélgica a su plan quinquenal, en 1940. Y hasta había escrito un cuento utilizando la historia del belga.

¡Nada podía ser más patético que escribir sobre el amante de la mujer de la que estaba perdidamente enamorado!

El padre de Hans, un químico y geneticista famoso en la parte alemana de Bélgica, fue reclutado por los nazis para realizar investigaciones en Dachau, al norte de Múnich. Antes de llegar quisieron pasar por Berlín a visitar la tumba de sus abuelos. Estaban enterrados en un pequeño cementerio muy cerca del Zoológico en el bosque del Tiergarten. El pequeño Hans, el mayor entre sus tres hermanos, era el único que cuestionaba a su padre. Hans no quería dejar Bélgica, a sus abuelos, a sus amigos y su invicto en el juego de todos los adolescentes de su pueblo: perder trenes y tranvías. Un rato después, su padre lo encontró al lado del palacio indio de los elefantes.

—Recuerdas que el día en que hacíamos las maletas para mudarnos me preguntaste por qué rayos teníamos que dejar Bélgica. Ves esos elefantes. Te contaré una historia:

—Los elefantes son los únicos animales que sienten cuándo van a morir. El elefante que sabe que morirá escoge a otro de la manada y ambos emprenden una caminata lenta al lugar donde van a morir los elefantes; ninguno de los dos lo sabe, pero lo intuye. Así toman el camino que nunca se hizo, pero que se sabe hacer. El elefante que lo acompaña debe olvidar el camino andando e informarle a la manada de alguna forma que el otro ha muerto. Siempre hay que ver a alguien morir.

Ese es el destino de todos los que vivimos; ver morir a otro e informarle de qué trata la vida a los demás. Sólo que siempre es mentira lo que contamos de la vida: eso lo sabe sólo la muerte. El padre del belga fue sentenciado a la horca por crímenes en contra de la humanidad en 1946. Tres años antes, en un ataque aéreo por parte de los aliados, se dice que la primera bomba destruyó la jaula de los elefantes y ninguno pudo escapar a las llamas. Ni intuir la muerte.

9 A Milena le encantaba contarme historias después de hacer el amor. Y yo tenía esa irremediable manía de escucharla y abandonar todo por ese espacio que nos queda a los derrotados radicales de la izquierda: la puta felicidad. Así que la escuchaba mientras fumábamos: yo acostado y resignado y ella frente a la ventana que miraba al Cementerio Oakwood, cruzando por la Martin Luther King Boulevard a pasos de la Universidad.

Una vez me dijo que cuando terminaba de ensayar o de hacer el amor, conmigo o con el belga, le gustaba ver los duelos, las sombrillas abiertas de la gente mirando el nombre de un muerto, los pájaros esperando las hojas secas de sus nidos. Los cementerios le recordaban su niñez, me dijo, sobre todo la época en que vivió con sus padres en Buenos Aires, detrás del cementerio La Recoleta, en la calle Azcuénaga; hoy, un complejo de hotelitos para farragosos amantes bajo la claridad de las tinieblas que dan los cementerios a mediodía. Desde el balcón de un segundo piso, con trece años de edad y el cansancio del primer periodo, Milena escuchó por última vez a su padre, el barítono y psicólogo Fariello Viterbo, cantar un tango. Por aquel tiempo Videla había dejado a su padre sin trabajo y no le quedó otra que cantar milongas y tangos en el cementerio por muy poco dinero. Las despedidas, los tangos y los duelos no alcanzan para mucho. Pues la música es un cementerio por construir. No le sirvió de nada afeitarse la barba y recortarse el pelo y vestirse como un burguesito aficionado: el barítono Fariello Viterbo tuvo que abandonar su trabajo en los cementerios el día en que Videla prohibió tener cara de sospechoso en Buenos Aires.

La madre de Milena, Frau Hálaz, era una traductora que llegó junto a sus padres huyendo del comunismo rampante de su país natal, Hungría. Frau guardaba en sus ojos la certidumbre azul de los exilios, tenía los labios finos, el pelo rojizo y, a pesar de su altura, de sus muslos lárgos, como nieve a pleno sol, era tímida y sólo le daba confianza desatar el lazo de los zapatos. Aunque nunca se casó con un zapatero, el día de su boda tuvo que desatar uno a uno los nudos de los zapatos de todos los invitados antes de encaminarse al altar. Frau estudió letras en La Universidad de la Plata y comenzó a ejercer como traductora para el periódico *La Opinión* y la editorial *Emecé,* para la cual llegó a ser famosa por su traducción de *Tres mujeres*, de Robert Musil. Fue, además, la primera que tradujo a Borges al húngaro (Borges que de por sí escribía desde la economía de otro idioma que nadie conoce.) Cuando faltaba algún periodista cultural la enviaban a cubrir alguna actividad a los que odiaba ir por su timidez.

Un día en que se desató una huelga de músicos en el Teatro Colón la enviaron a cubrir el evento y allí conoció al dirigente de la huelga, Fariello Viterbo, un licenciado en psicología y barítono, que la introdujo en la jerga comunista al que sus padres le habían prohibido desde que salieron de Hungría. Un viernes de marzo de 1953 salió publicado el artículo en el cual Frau, con dudosa imparcialidad y con la sencillez que caracteriza a las políglotas, describía los pormenores de la huelga de músicos del Teatro Colón. Querían un mejor salario, vacaciones pagas y que el Teatro comprara nuevos instrumentos para los músicos. Viterbo era quizás la persona que guardaba la colección más grande de noticias sobre las peticiones de líneas de tranvía y le pidió a Frau que alguna vez le hiciera un artículo, ya que pensaban retirar todos los tranvías de Buenos Aires. Ese día Fariello invitó a Frau, deslumbrado por su belleza a que pasara dentro del Teatro y viera su protesta. Allí Fariello, quien ganaba más como músico que como psicólogo, le explicó a Frau su estrategia para lograr lo que querían y crear así una forma de presionar a la dirección del Teatro: robar aquellas partes de los instrumentos las cuales son imprecindibles para que el instrumento funcione.

Desde que comenzó la huelga un grupo vociferaba consignas comunistas afuera del Teatro, en plena avenida Libertad, y Viterbo, junto a otros músicos, entraban al Teatro y se robaban las clavijas de violines, violas y violonchelos: destensaron cuerdas, desarmaron pedales de pianos de pared y los de cola y quitaron las boquillas de clarinetes, saxofones y hasta de las flautas. Desarmaron atriles, robaron los arcos para los instrumentos de cuerda y desaparecieron todas las partituras que encontraron a su paso; no hicieron nada que pudiera dañar a los instrumentos, pero sí que paralizara las labores.

Frau no dudó en hacer fotografía de aquella protesta: primero fotografió los instrumentos sin cuerdas, luego a los de viento y finalmente le pidió al barítono que reuniera todas las piezas y las colocara encima en la caja de resonancia del piano de cola de la Sala Dorada del Teatro. Pero la foto que más le gustó al director de *La Opinión* fue la de un centenar de cuerdas, clavijas, puentes y boquillas encima de las teclas de un piano; *La música de lo perdido*, le tituló Frau a su artículo. ¿No es la música la señal de lo que ya está perdido? ¿Se pierde lo que se ha escuchado? El oído está hecho para la pérdida. Esa noche Fariello cantó un tango a las afueras del Teatro y cuando Frau se iba le pidió una última colaboración a la húngara: esconder en su casa un puñado de aquella protesta. Aquello sería como esconder la señal del silencio o el ruido de los sueños. Frau se puso nerviosa ante la invitación de aquel cantante de barba negra y espesa, de espejuelos y ojos color café. Miró al suelo y, por suerte, Fariello tenía zapatos con cordones y un nudo que no sería facil soltar. Salieron, ambos con dos mochilas atestadas, desaparecieron entre la muchedumbre de músicos vociferando consignas y aprovecharon el ocaso para tomar uno de los tranvías que, según Fariello el gobierno quitaría: la línea 96, solicitada por los ciudadanos desde finales del siglo XIX. En el trayecto, Fariello habló de la dictadura del proletariado, de Marx, de Lenin, de ópera, de Prokoviev, de las manos de Rachmáninov, de su abuelo Antonio Viterbo muerto en Auschwitz, de Freud y su amante Lou-Andréas Salomé. Frau sólo lo ecuchaba y cuando podía miaraba al suelo del tranvía para buscar algún que otro zapato con los cordones sueltos. Llegaron al pisito de Frau en la calle Azcuénaga, en un segundo nivel. Aunque el pisito cabía en la palma de una mano, tenía una vista tranquila desde el balcón: el cementerio de La Recoleta, diseñado por el francés Prosper Catelin, la plaza Pilar y la iglesia Nuestra Señora del Pilar que data de finales del siglo XVIII.

La Recoleta era el barrio más fino y más alto de Buenos Aires. Fundado por los padres fransiscanos del Convento los Recoletos en las postrimerías del siglo

XIX, rápido se convirtió en un barrio de clase alta ya que allí no llegaron las pestes, las epidemas y la fiebre amarilla que afectaron el resto de la ciudad. Fariello se acercó al balcón y recordó un tango, *Balada para un loco*, de Horacio Ferrer, musicalizado por Astor Piazzolla que menciona partes del barrio como el Callao y Arenales: Ya sé que estoy piantao, piantao, piantao... / No ves que va la luna rodando por Callao / que un corso de astronautas y niños, con un vals,/ me baila alrededor... ¡Bailá! ¡Vení! ¡Volá!

Fariello la tomó por la cintura y le preguntó si sabía bailar tango. Ella dijo que tenía pies izquierdos y sus padres eran campesinos húngaros, como si eso explicara algo. Lo más que se podía hacer era bailar una polca, pero desde que los rusos llegaron a Hungría, sus padres no querían saber de aquellos bárbaros de la igualdad. Frau le ofreció algo de beber y Fariello preguntó por dónde estaba el baño. Ninguno sabía qué hacer con la mirada. Frau fue a su su cuarto a cambiarse de ropa y desesperada deshizo todos los nudos de los zapatos que había en un armario y se desnudó. Se deslizó en la cama, buscó sigilosa la mochila mientras Fariello estaba en el retrete secándose. Frau volvió al dormitorio y se deslizó en la cama. Abrió la mochila y se dejó caer todo lo que había allí dentro. Muy pocas clavijas y boquillas de los instrumentos se decidieron por su cuerpo, sediendo la mayoría a la gravedad y a su blancura. Sábanas blancas recogían muy bien la madera y el metal de aquellos objetos de la música o de las manos, pues la música es tacto. Pero Frau aprovechó la levedad de las cuerdas y se colocó un puñado en el monte de venus y otro en su pecho. Parecían serpientes o nidos de metal pugnando por la lentitud. Ahora Frau era un arpa con las cuerdas sueltas. Cuerdas de violín, de contrabajo, de viola y de violonchelos por todo su cuerpo anguloso. Los cordones de zapatos y ahora las cuerdas sueltas le quitaban la temblorosa timidez y, sin pensarlo, las enrolló en cada uno de sus pezones rosados. Metal y carne, así comenzó el capitalismo diría Marx. Cuando Fariello salió del baño escuchó que Frau lo llamaba. Así que siguió la voz hasta las cuerdas. Las que más le gustaron a Viterbo fueron las del vientre, cuerdas como un rompecabezas pugnando por salir o por entrar en la reunión de los muslos. La música es una reunión de vacíos y de muslos, pensó. Lo más que le gustó fue el color, el pálido fuego que se reflejaba en el metal de las cuerdas confundiéndse con el vello púbico de Frau, a veces rojizo como hormigas salvajes, a veces rubio, pero siempre con la geografía del fuego. Fariello no dudó que su protesta rindiera frutos; lo sentía en su pantalón.

45

Y aunque Milena nunca sabría si aquella historia de sus padres era verdadera, pues se la contó su abuelo, siempre habrá de recordar el día que, a un mes después del golpe, en abril del 1976, Milena llevó a su casa un folleto que le habían dado en el colegio para sus padres: *Cómo reconocer la infiltración marxista en las escuelas*. El folleto tenía instrucciones y hasta pequeñas pruebas al dorso, para comprobar si lo leído tenía connotaciones marxistas: 1) Lo primero que se puede detectar es la utilización de un determinado vocabulario que, aunque no parezca trascendente, tiene mucha importancia para realizar este 'trasbordo ideológico' que nos preocupa como porteños y argentinos. 2) Palabras frecuentes en el marxismo: *diálogo, burguesía, proletariado, América Latina, explotación, estructura, capitalismo, justicia, dictadura del proletariado, división de trabajo, revolución, Latino América…*

Poco después encontraron un papel debajo de la puerta invitando a todos los vecinos a una quema de libros que se iba a celebrar en varios puntos de la ciudad. La participación era obligatoria. Fariello, después de pensarlo dijo que había que asistir para no levantar sospechas. Tomó un libro de Althusser: *Freud y el marxismo* y su colección de noticias sobre los tranvías, Frau tomó un libro sobre *La Revolución húngara* y algunas de sus traducciones y Milena no tuvo otra opción que llevarse el *Diario* de Edmundo Goncourt que encontró en la biblioteca de su padre con una página doblada en una escena que Milena jamás olvidará. Cuando llegaron a la Plaza Francia, el lugar más cercano de la quema, Fariello vio a un viejo amigo, Gravilo Mutis dirigiendo la quema. Con un ademán por encima de las llamas, Gravilo, su antiguo compañero de colegio y con el cual alguna vez planificó escribir una novela, le hizo un gesto para que se marcharan. Volvieron a la casa, inventaron nombres falsos, como si existieran nombres verdaderos, y escaparon a Salta, en el norte de Argentina, donde vivían los abuelos maternos de Milena.

El día en que partieron, Milena no dejó de leer aquel diario hasta llegar a la escena que su padre había doblado y que no se salvaría de la hoguera. Allí, Goncourt cuenta que la única imagen que recuerda de su niñez es de aquella mañana, mientras buscaba quién lo acompañara para ir de pesca, abre la puerta del cuarto de su prima y la ve con las piernas abiertas y el culo sobre un cojín a punto de ser penetrada por su marido. «La imagen quedó en mí, dice Goncourt, aquel culo rosa sobre un cojín con festones bordados fue la imagen dulce, excitante, que se aparecía cada noche…» Hay en el sexo y en la música una violencia que jamás podremos entender: la propia música del azar.

Cuando al fin terminé mi panecillo y mi café y desperté de aquel recuerdo, me dirigí hacia al mostrador para reclamar mi equipaje. El bullicio no cesaba y detrás del mostrador había un carnaval de sonrisas, de abrazos, de aplausos sin música; la misma algarabía que se supone que tienen los que saben apreciar todas las revoluciones perdidas. Quizás, las misma sensación que sintió Lenin cuando su amante, la pianista Inessa Armand, tocó la sonata para piano número 23, en fa menor de Beethoven, conocida como la *Appassionata*. Lenin la escuchó y cuando apenas acababa dijo: «Si sigo escuchándola jamás terminaré la revolución». Pero algo no sabía Lenin o no lo quería saber: la música no es nada, no llena vacíos, es vacío. Está hecha del mismo vacío que se necesita para los aplausos y para el pensamiento. La música no es imagen y tampoco es bella, ni grotesca, no es copia ni representación. Quizás si Lenin hubiese terminado de escuchar aquella sonata no hubiese acabado la revolución y yo no estaría recordando el fracaso de un viejo amor y viendo las ruinas del Muro.

10 Cuando al fin terminé mi panecillo y mi café y desperté de aquel recuerdo, me dirigí hacia al mostrador para reclamar mi equipaje. El bullicio no cesaba y detrás del mostrador había un carnaval de sonrisas, de abrazos, de aplausos sin música; la misma algarabía que se supone que tienen los que saben apreciar todas las revoluciones perdidas. Quizás, las misma sensación que sintió Lenin cuando su amante, la pianista Inessa Armand, tocó la sonata para piano número 23, en fa menor de Beethoven, conocida como la *Appassionata*. Lenin la escuchó y cuando apenas acababa dijo: «Si sigo escuchándola jamás terminaré la revolución». Pero algo no sabía Lenin o no lo quería saber: la música no es nada, no llena vacíos, es vacío. Está hecha del mismo vacío que se necesita para los aplausos y para el pensamiento. La música no es imagen y tampoco es bella, ni grotesca, no es copia ni representación. Quizás si Lenin hubiese terminado de escuchar aquella sonata no hubiese acabado la revolución y yo no estaría recordando el fracaso de un viejo amor y viendo las ruinas del Muro.

Mientras esperaba a que mis maletas por fin salieran en el aeropuerto de Berlín Tegel, vi pasar a la azafata de las bragas rojas, por un corredor dividido por cristales. Pensé dirigirme a ella para agradecerle el regalo que me había hecho, pero dos niños la franquearon y un hombre alto que parecía ser su esposo la saludó en la boca. Me quedé parado de nuevo, absorto y me escondí entre la gente. Quise verla salir: uno de sus hijos le pidió su sombrero y ella se lo dio, luego de saludarlo. Ella se soltó las hebillas del pelo y se lo amarró como una cola de caballo. La vi caminar de espaldas, mirar por su hombro y, creo, que me devolvió la mirada. Pero siguió caminando alrededor de la gente bajo una gran fuga quizás sin bragas rojas. Una leve erección se asomó como despedida. Una verdadera despedida como sólo las sabe dar el corazón, pues el corazón no es más que eso: fuga, fuga de la sangre.

Cuando logré salir de la penumbra adusta del aeropuerto de Berlín-Tegel miré entre los taxistas si alguno tenía mi nombre en un cartelón. Poco antes de viajar y de llenar el papeleo para la beca que me habían asignado, logré escribirle a un viejo amigo que vivía en Berlín desde hacía unos años, el chileno Ernesto Lajos. Cuando me telefoneó sentí que su voz, después de una larga ausencia, todavía guardaba el rencor de aquellos años en que fuimos los amantes predilectos de una misma mujer: Malva, con quien gastamos saliva, semen, citas famosas y todas las revoluciones posibles frente a tazas de café y camisetas usadas dos veces.

Recordaba a Ernesto con los ojos pequeños e indecisos que oscilaban entre el sueño y la vigilia. Cualquiera que lo mirara podría decir que había llegado tarde a su mirada. Había nacido bajo el lecho de una familia pequeñoburguesa en Santiago, Chile, que no tuvo más remedio que acomodarse a las desavenencias del golpe de estado y a la dictadura de Pinochet. Algo con lo que podía sobrevivir, aunque no sabíamos hasta dónde.

Allí, junto a la ausencia poblada del viento de Berlín, esperé al lado del frío y la algarabía que Ernesto me viniera a buscar como habíamos quedado hace varios días. Cuando pude alzar la vista entre los taxis que se atestaban debajo de los faroles, vi que Ernesto, con varias libras demás, melancólicamente sonriente y bien vestido, sostenía un cartón con mi antiguo apodo de revolucionario, *Miguel Strogoff*. Muy pocos, sólo mi madre, mis antiguos camaradas del bachillerato, a quienes recordaba tras el esfuerzo del olvido, sabían que yo me hacía llamar *Miguel Strogoff*, como el relato que escribiera Julio Verne. Escoger un nombre falso –como si existieran– o un apodo era una de esas reglas un tanto ridículas que usábamos para proteger la UJS (Unión de Juventudes Socialistas), la organización política a la que pertenecía. Era necesario escoger un nombre falso, no sólo en caso de interrogatorios con la policía, sino porque por ese tiempo todavía creíamos en la lucha armada, aunque sólo teníamos un rifle, dos revólveres calibre .38, una .22 y algunas botellas de whiskys sin terminar para las bombas molotov que nunca usaríamos. Para que el anonimato realmente funcionara había que tener otra regla: taparse el rostro con una máscara de tela que se usa para cubrirse de la nieve. Pero con el tiempo tuvimos que abandonar aquella costumbre, no por el anonimato o por el insoportable calor, sino que en un país tropical casi no se conseguían. Nadie se quejó nunca de mi nombre, pero un día Ernesto, el *homo sovieticus* como le llamamos, me cuestionó por qué yo osaba utilizar el nombre de un súbdito del zar, Miguel Strogoff, algo que Lenin y todos los partidos comunistas del mundo odiaban de la historia rusa.

No cabía duda que aquél que cargaba con un cartón que leía *Miguel Strogoff* tenía que ser Ernesto. Pero había cambiado, tenía varias libras demás y una gran amenaza de calvicie.

—Recuerdas mi antiguo apodo, chilenito de mierda —le dije.

Sonrió.

Nos abrazamos con una sonrisa triste e hipócrita, con la franca mentira de quienes siempre supimos que las despedidas viven del vacío de las manos. Caminamos hasta su coche, me quité la indumentaria de un novato en el frío, guardé mis maletas en la cochera y ya en el camino bajamos por la Saatwinkler Damm para tomar la Unter der Linden y dirigirnos al Chekpoint Charlie entre el barrio turco de Krauzenberg y Mitte, donde, según las noticias, estaba agolpada una multitud, a ambos lados del Muro, exigiendo el paso y diciendo «Nosotros somos el pueblo».

—Nos podemos tomar unas cervezas en el famoso Café Adler, a cien metros del Chekpoint Charlie —me dijo Ernesto.

Yo asentí sin mucho interés y puse la mirada en lo poco que se podía ver por la intermitencia de los parabrisas y la lluvia.

11 Conocí a Ernesto a principios de 1980 después de ver su actuación en *La ópera de tres centavos* de Brecht y desde entonces Ernesto nunca pudo abandonar la melancolía de aquella pregunta que le hiciera su padre, un arquitecto que trabajaba para Pinochet. Al verlo llegar al umbral de la puerta, después de semanas detenido por reunirse con un grupo clandestino de

comunistas que apoyaron a Salvador Allende, su padre le dijo encolerizado: «¿Qué haces que no estás muerto?». «Una mala desaparición la tiene cualquiera», le contestó Ernesto, aunque luego me confesó que hizo silencio, algo que me convencía mucho más. De lo que Ernesto sí estaba seguro era que desde su regreso a casa, a dos cuadras de la Biblioteca Nacional, sabía cómo desvestir fantasmas ciegos, pues en el centro de detención le habían arrancado las uñas y no fue hasta la última, la del dedo meñique –la más que le dolió, me dijo–, que quiso decir los nombres de aquéllos que querían organizar un contra golpe con las manos vacías. A pesar de todo esto, Ernesto nunca se jactó de ser una víctima de la dictadura. Inclusive llegó a aceptar el papel del generalísimo Creón Molina en *La pasión según Antígona Pérez* de Luis Rafael Sánchez.

A pesar de ser un gran actor, Ernesto casi no hablaba de su país y había llegado a la isla después de un entrenamiento militar en Cuba, bajo el MIR, a estudiar actuación y filosofía. Cuando estuvo en la Habana conoció a una actriz un tanto mayor que él, Casandra Cienfuegos, a la que tuvo que abandonar porque un día, cuando Ernesto se disponía a humedecer el sexo de Casandra, se encontró con una cana, larga y blanquísima, que Ernesto no dudó en arrancar. Ella dio un respingo y se levantó de la cama insultándolo y vociferando sandeces, como la Casandra de Homero frente a las murallas de

Troya, encolerizada por aquella condena: «No sabes que si arrancas una cana salen más, pendejo. No te enseñaron eso en tu país», dijo ella mientras se vestía. Los socialistas de su cuadra en Santiago le habían dicho a Ernesto que a las mujeres les gustaba que le propinaran palmaditas en las nalgas o que le apretaran los pezones sin que le pidieran permiso, pues un poquito de dolor les ayuda a llegar al orgasmo con más facilidad. Pero nunca le habían dicho qué hacer si se encontraba con una cana o un pelo púbico blanco, como se quiera.

Fue como encontrar una buena cita en un libro de filosofía, me dijo Ernesto, y subrayarla. Se me hizo difícil sortearlo entre tantos vellos rutilantes y con la mano izquierda continué amasando su sexo para que no se diera cuenta de lo que hacía. Y cuando pensé que lo estaba haciendo bien, por sus gemidos, recordé lo que me habían dicho mis amigos en Santiago sobre el dolor y el orgasmo y, entre el índice y el pulgar, al fin lo arranqué con todas mis fuerzas. Nunca una mujer desnuda me había insultado tanto. Yo la había comenzado a querer, pero también tengo que confesar que si la veo nuevamente lo primero que le preguntaría sería si desde aquel día le habían salido más canas allá abajo.

Casandra era la prima mayor del famoso guerrillero Camilo Cienfuegos y según Ernesto ella le hacía honor a su apellido, pues cuando me la describía me dijo que Casandra tenía tan buen trasero que, sin hacer mucha fuerza, ella podía sostener entre sus nalgas los dos tomos de *Los Miserables* de Victor Hugo. Cuando Camilo se marchó a Estados Unidos, mucho antes de unirse a los guerrilleros de Sierra Maestra para derrocar a Fulgencio Batista, Casandra terminó sus estudios y audicionó para entrar a una compañía de teatro que dirigía un austriaco, especialista en tragedia griega, que acababa de llegar a la Habana. Fue Casandra quien le habló a Ernesto de Ludwig Schajowicz, fundador del Teatro Universitario en la Habana a principios de la década de los cuarenta y gran amigo del escritor Alejo Carpentier. Desde hacía tiempo el austriaco se había mudado a Puerto Rico y luego, por medio de una invitación del rector Jaime Benítez, comenzó a dirigir el Departamento de Filosofía. Ésta fue una de dos razones que hicieron que Ernesto llegara a Puerto Rico; la otra fue huir de Casandra y sus canas púbicas. Aunque Schajowicz se había despedido del Teatro en 1954 con la puesta en escena de *El Gran Teatro del Mundo* de Calderón, Ernesto logró que Ludwic Schajowicz lo ayudara a montar obras de Bertolt Brecht. Pero cuando Schajowicz supo que había colaborado con el Teatro de Guerrilla de la UJS sin saberlo, éste jamás volvió a ayudar a Ernesto y sólo le permitió su entrada a sus seminarios como oyente, a los que comenzamos a ir para intentar entender, sin éxito, lo que Heidegger quería decir con aquello del Ser (*Dasein*). Y cuando más atención y rostro de curiosidad yo ponía era cuando menos entendía las palabras que salían de la boca de aquel austriaco alto, de nariz respingada, calvo, de ojos grandes y cejas escasas, mentón definido y acento indefinido:

Tenemos, según Heidegger, que distinguir entre comienzo (*Beginn*) y el principio o el inicio (*Aufang*) si es que nos proponemos saber algo del destino –lo enviado, lo destinado– de la cultura occidental, decía. Yo prefería la primera oración de una novela de Graham Greene, de hecho una de las oraciones más francas de Greene: «Una historia no tiene principio ni final, sino que uno lo escoge…» Pero nunca me atreví a decir nada, sobre todo a filósofos que piensan que la literatura es inferior a la filosofía. Bueno, no había cosa más inferior que la vida misma y no se habían dado cuenta.

De todos los veinte estudiantes –incluyéndome–, Ernesto era el único que entendía aquélla adivinanza de Heidegger. Ernesto siempre fue un hombre de comienzos, pero incapaz de inventar su propio nombre. Casi no hablaba, pero cuando lo hacía había en él una especie de lirismo anacrónico. Estaba acostumbrado a hablar cuando le tocaba, a pesar de su altura. Era esbelto, de ojos tristes y cabello espeso. Teníamos más de ocho años sin vernos. Ahora éramos dos jóvenes envejecidos por la profecía de las mentiras: la ideología. Cuando decidió formar parte de la Unión de Juventudes Socialistas, dada mi insistencia, y se le pidió un apodo de revolucionario lo más que pudo decir fue Ernesto Lejos y todos reímos.

Para lo único que era absolutamente malo era para su propio nombre, quizás por eso estudiaba drama. Tiempo después de ensayar todos los anacronismos posibles frente a textos de economía política, descubrimos que Ernesto tenía una capacidad malabarista para citar de memoria algunas frases de *El capital* de Marx y otras tantas de los discursos de Lenin. Recuerdo que él adivinaba cuándo me arrepentía de haber abandonado mi carrera de músico por estudiar política y filosofía y pronto, al ver que mi cara de vendedor de enciclopedias a domicilio, Ernesto citaba a Lenin: «La sonata *Appasionata* de Beethoven da ganas de acariciarle la cabeza a alguien, pero éste no es un tiempo de acariciar cabezas, sino de romperlas a palos». De ahí en adelante lo llamamos el *homo sovieticus*.

13 En el camino no sabía qué hacer con el frío. Hablábamos con la vista puesta en el camino —al menos yo— intentando encontrar las fotos que había memorizado mientras estudiaba. Fue entonces cuando supe que Berlín no tiene prisa por decirlo todo, es enigma. Su arquitectura es imperial, moderna, prusiana, guarda las huellas de Napoleón invadiendo la ciudad y el sueño quinquenal de los nazis. Pero hay algo en ella que hace olvidar que en la década de 1920 sobrepasó a París como capital libertina. Es una ciudad hecha de espera, que espera por los muertos, o por la salida de un fantasma; una ciudad que se sabe destruida por las bombas de los aliados en la Segunda Guerra Mundial, y se sabe construida para el olvido. Recuerdo las fotos que vi en varios libros sobre el bombardeo al zoológico de Berlín: decenas de alemanes destrozando la carne de elefantes muertos para enterrarlas, otros asando la carne de cocodrilo. Otra de un león muerto abatido a tiros para que no hiciera más daño, como si eso fuera posible.

Las calles y avenidas de Berlín estaban hechas para perder otras avenidas. Parecería que todo el Caribe cabía en aquellas avenidas grises y poco alumbradas. Pero esa era la misma sensación que se tiene cuando se memoriza la historia de una ciudad sin visitarla. Al ver el dédalo de todas aquellas calles gélidas que recién despertaban bajo los faroles y compartía monosílabos con Ernesto, supe que me había equivocado de ciudad, pues Berlín nunca fue la ciudad de Rilke; era París. Allí había escrito su única novela *Los cuadernos de Malte*, había sido secretario del escultor Rodin y conoció a su única esposa, la escultora Clara Westhoff. También me había equivocado en llamar a Ernesto, pues nunca creí que nuestra vieja amistad podía reestablecerse. Ni siquiera con la reciente caída del Muro.

—¿Qué piensas de este accidente metafísico? —le pregunté.

—¿Cuál? —preguntó Ernesto.

—La caída del Muro —le dije.

—Tú nunca entendiste la metafísica, Miguel, pero siempre tenías frasecitas inteligentes guardadas.

—¿Todavía escribes, Miguel?

—No —le dije con cierta rabia—. Sigo siendo un burócrata de la revolución, por no decir de los naufragios. La academia no me deja tiempo para eso. Si escribo, sólo son nimiedades y detalles que sólo unos pocos leen. Tú lo sabes, Ernesto. Escribo cosas como qué quiso decir el autor con este verso o con tal novela, aunque el autor esté muerto, y si lo está mejor. Luego te citan a una conferencia con el título de especialista o como estudiante que se está especializando en tal autor y otros te escuchan, y con cara de orgasmo te ovacionan, aunque no hayan entendido.

—¿Acaso eso no era lo que hacíamos cuando dirigíamos la UJS, hablar con la voz de algún muerto esperando por los aplausos?

—Tienes razón pero, a pesar de tu afán por la actuación y la filosofía, a mí me llovían más mujeres. ¿No es cierto? —le dije con una sonrisa, para acentuar nuestra guerra de miradas y sonrisas que daba la impresión de que la Guerra Fría no había terminado.

Afuera, las calles de Berlín acumulaban miradas y abandonos. Adentro, era más fácil reconstruir Berlín, como tantas veces le había sucedido, que recuperar nuestra vieja amistad. Ernesto me dijo que no me podía quedar en su casa como habíamos planificado; saldría de viaje por unos compromisos y su esposa no se sentiría cómoda con un desconocido. Yo sabía que era mentira. Pero una de esas mentiras con la que se puede vivir. Después de malgastar monosílabos y preguntas de rigor, cuando pasamos por el lago Schlachten, frente al *Studentendorf*, muy cerca del Cuartel McNeer, antiguo cuartel norteamericano donde cinco mil estudiantes protestaron por la guerra de Vietnam, nos dedicamos al pasado -quizás para evitar hablar sobre el fracaso o para acentuarlo aún más- sobre el tiempo perdido detrás de consignas socialistas por las que estuvimos dispuestos a morir. Aunque después supimos que ya estábamos muertos, cuando se nos ocurrió morir u olvidar nuestro pasado.

    —¿Recuerdas a Aníbal, el gordo maoísta? —preguntó Ernesto.

    —Claro que sí. Recuerdo que se ponía las camisas un poco apretadas y, en ocasiones, un tierno pedacito de barriga se le salía y automáticamente se la bajaba. Mao nunca se imaginaría estar dibujado en una T-shirt y una barriga como aquella. Aníbal se subía y se bajaba la camisa tanto que fácilmente podía dirigir una orquesta o un equipo de pelota, quizás cualquier revolución.

    —Ahora es millonario —dijo Ernesto. Tiene una cadena de restaurantes orientales en París y abrió uno en Berlín. Me lo encontré una vez caminando por el Tiergarten. Está casi igual de gordo, más calvo y como siempre no había dejado su obsesión por las mujeres orientales. Ahora vive en Tokio.

—Recuerdas el día en que lo conocimos. Fue en el examen de verbos irregulares en la clase de francés con la profesora Vega, la de las minifaldas y los ojos hundidos y menudos. ¿La recuerdas? Allí, Aníbal demostró su talento para el fracaso: como no se sabía las declinaciones, sacó su guitarra y las cantó sin equivocarse. Todos, hasta la profesora, aplaudimos, pero reprobó. Un tipo que esté dispuesto a hacer el ridículo debe estar en la UJS, le dije al salir de la clase. Lo acompañé a darse de baja y lo invité a formar parte de la organización. Se estiró la camisa para disimular su barriga y, antes de que el Mao de su camisa se arrepintiera, aceptó.

Luego llegamos a trasladar algunas de las reuniones de la UJS a un restaurante chino cerca de la plaza de Río Piedras porque Aníbal, en su obsesión con Mao y la Revolución China se había enamorado de una mesera del restaurante. Aníbal siempre lo negó, pero en realidad era japonesa. Le llamábamos *Hiroshima mon amour*, como la película de Resnais.

13 Tomamos la Straße des 17 Juni, la misma que antes se llamaba La Avenida Victoria, por su monumento la Columna de la Victoria, hasta la huelga de trabajadores del 1953 que los tanques soviéticos vapulearon. Tiempo después, vino la venganza; el Muro se construyó entre el 12 y 13 de agosto y la sesgó con recelo. De todas formas moriría ante la Unter der Linden, a la que estábamos por llegar. La avenida estaba atestada de coches, taxis, y gente caminando. Estábamos cerca de la Platz der Republic, que descansa frente al famoso Reichstag. A lo lejos se veía una multitud; la Puerta de Brandenburgo, a mano derecha, con la cuadriga arriba y más allá el nacimiento de la Unter der Linden, la famosa «Avenida Bajo los Tilos». Detrás había quedado la Columna con una escultura arriba, la diosa de la Victora a la que habíamos redondeado hacía un rato; ahora, cansada de sostener una corona de hojas de laurel en su mano derecha se reflejaba, se multiplicaba, en todos los espejos retrovisores. En el coche del frente, un taxi amarillo, la estatua dorada se reflejaba, pero con el color de la lejanía. Decenas de coches tocando bocina, cientos de parabrisas aplastando las gotas de la primera o la última llovizna. Cristales arriba, cristales abajo, manos encima de las capotas chapoteando la última reunión de gotas. Manos, torsos fuera de las puertas, niños abrigados. Abrigos abandonados en los asientos. Ernesto desesperado fumaba y el cenicero estaba atestado. Así debe ser el recuerdo. El humo de cigarrillo pugnando por salir. Ernesto hablando entre el humo, las palabras esperando por mis oídos. La radio en la misma estación donde se narraba la euforia de la caída del Muro. Gente reencontrándose a la orilla de las despedidas. Ernesto y yo odiando el regreso de vernos. Otra vez el humo de cigarrillo. Afuera cigarrillos rodando en el pavimento, absorbiendo la humedad. La humedad en las luces traseras y rojas de los coches. La luces delanteras de los coches iluminando inutilmente las matrículas: MIL-189, ENA-011, MAL-119, VAA-618. Un poco más adelante, un coche negro que le salía humo del radiador. El rostro alegre de su dueño, abandonándolo sin pena ni gloria. Rostros detrás de los cristales, rostros sin los cristales. El frío entrando por donde podía, la calefacción saliendo a morir en la orilla del frío. Ruido de puertas que se abren. Puertas que se cierran. Ernesto casi no hablaba. Yo sólo miraba. En fin, una extraña velocidad, como la de los coches que apenas se movían.

Finalmente, nos estacionamos, bloqueando otros coches, en la esquina de la calle Friedrich con Linden, la que Benjamin, en los años veinte llamaba el nuevo Berlín. El frío era cortante y, para un caribeño que estudia casi en un desierto como Austin, ésto era algo que me era ajeno.

—¿Este es el edificio donde estaba el famoso Café Victoria, cuando todavía se llamaba Avenida Victoria que se menciona en *Crónica de Berlín*?

—¿Walter Benjamin? Me sorprendes, Miguel. Ya no lees los discursos de Lenin, los del Che Guevara, los...

—A Benjamin lo leía en el avión.

Mientras caminábamos recordamos los seminarios sobre Homero, Dante, Joyce, los cursos sobre Marcel Proust y los de Platón y Aristóteles y el seminario de

Rilke que tomamos juntos con Esteban Tollinchi; un erudito más bajo que alto, de ojos azules y una sonrisa burlona, que, entre las nueve lenguas que dominaba sólo gagueaba en su lengua materna: el castellano. Mario Vargas Llosa, cuando estuvo en Puerto Rico en 1968, lo conoció y llegó a escribir, mucho tiempo después que, cuando Tollinchi hablaba de Petrarca o de Goethe, o cuando recitaba de memoria a Shakespeare, le daba la impresión de que eran parientes suyos con quienes mantenía una vivísima relación. Cierta ocasión, cuenta Vargas Llosa, quiso internar a Tollinchi en la literatura de la que él formaba parte: la latinoamericana, pero fue inútil. No era que hubiese desdén, pero estaba muy absorto por su empresa cultural europea como para volcarse en otra que apenas era su heredera más infiel.

Después de un silencio largo no tuvimos más opción que retomar nuestra abrupta despedida y terminamos hablando de la huelga y de Malva, nuestro viejo amor.

—¿Sabes algo de Malva? —le pregunté.

—Una vez estuve en París y creí verla saliendo de un concierto. Estaba embarazada. Ella no me vio y yo quise no haberla visto. Recordé aquel día terrible en el hospital y deseé nunca haberla conocido. Jamás la perdonaré por lo que nos hizo.

14 Al fin llegamos a la Puerta de Branderburgo. Pero nadie había llegado allí desde hacía veintiocho años. La Puerta había quedado en una especie de tierra de nadie, cercada por el Muro y por torres de vigilancia a la que sólo iban los *vopos*. Federico Guillermo I la mandó a construir, entre 1732-34 para evitar las deserciones. Pero bajo Federico Guillemo II se abrió ante la Avenida Unter der Linde. Con seis columnas dobles y una cuadriga en la parte de arriba ha tendio todas las banderas. De hecho, Napoleón en 1806 quiso, como trofeo de guerra, trasladar a París la cuádriga que adorna la Puerta y lo hizo. No regresó a la ciudad hasta ocho años después, cuando las fuerzas aliadas derrotaron a las tropas napoléonicas y Prusia pudo tomarse la revancha. Los nazis desfilaron al lado de ella cuando Hitler se convirtió en Canciller en 1933 y hasta el final de la Guerra lo hicieron; sólo había que caminar un poco desde el Reichtag hasta aquí para imaginarlos. De alguna forma, es más facil llenar las calles de Berlín con soldados nazi que de cualquier otra cosa. Quizás es culpa de la historia, de la imaginación, de la teoría del olvido. Acabada la Segunda Guerra los soldados rusos le colocaron a la Puerta la bandera de la victoria. Ahora no tenía ninguna.

Entre la multitud se escuchaba que el Muro estaba abierto en el Check Point Charlie, entre Mitte y Kreuzberg, en el sector norteamericano. La gente estaba ebria de alegría y deseperados por derribar el

Muro. Esto es un acontecimiento, decía uno. Espero que mi madre esté viendo esto. ¿Ves el Muro desde ahí?, le preguntaba el padre a su hijo encima de sus hombros. Espero encontrarme con él, decía una mujer muy guapa y más alta que yo. Tanto sufrimiento para ésto. Por qué se tardan tanto si lo construyeron en un solo día. Debe estar muerto ya, decía una señora que estaba casi muerta. *Deutches über alles*, cantaban algunos. Quién se atreve cantar esa canción aquí. Sólo un nazi lo haría. Hitler no hubiera permitido esto. Somos el pueblo (*Wie sind das Volk*), Somos un pueblo (*Wir sind ein Volk*) cantaban más adelante. El comunismo al fin cayó. Se veía venir, decía otro más. Nadie se imaginó que podía ser hoy, le contestaba. Mamá ¿qué es el comunismo? Algún día extrañarán el Muro. ¿Por qué estamos aquí?, decía una niña de la mano de su madre. Ernesto no sabía qué hacer y yo tampoco, pero quise acercarme más. De pronto, se abrió un espacio en la multitud, un martillo eléctrico cargado por tres hombres se acercaba a paso ligero. Por arriba, de mano en mano, pasaban una escalera de metal. Quise al menos tocarlo, para sentime que hacía algo, además de mirar absorto. Detrás, la gente con martillos y cinceles, marrones, tubos; armados para una guerra contra el tiempo, como lo son todas las guerras. Si se reunían con tantas herramientas podían hacer el símbolo de la bandera rusa. También un alfabeto. Abrigos y abrigos, cuero, plumas, mahones, humaredas, calor, frío, lágrimas, cigarrillos, besos, encendedores, abrazos, despedida. Gente caminando encima del Muro. Le dije a Ernesto que siguiéramos más adentro hasta llegar al Muro, pero no quiso. Le dije que me esperara que quería tocar el Muro. Me dijo que no.

Mientras me adentraba en la multitud los golpes aumentaban. El Muro no mostraba síntomas de caerse. Hubo un grito cuando llegó el martillo eléctrico y todos comenzaron a cantar Deutchland über alles, «Alemania, sobre todas las cosas». Pero no se habían percatado que no había receptáculo para conectarlo, ni siquiera los nazis pensaron en eso. Todos comenzaron a gritar por la electricidad, como si Zeus u otro dios, el *deux ex machina*, el dios que lo arregla todo de Eurípides. Recordé una cita de Benjamin: «El conocimiento llega a golpes de relámpago». Pensé en Milena, haciendo muecas. Pronto apareció electricidad. La multitud frente al Muro aguantaba en el aire cables y extensiones para darle electricidad al martillo. Todos querían cargar los cables, conectarlos. Los que estaban encima del Muro cesaron su furia de darle golpes inútiles con marrones a aquella mueca de argamasa y dejaron que el ruido del martillo eléctrico hiciera su trabajo. Me acerqué hasta que casi toqué el Muro. Aspero, como los alfabetos. Todos querían ser los héroes que nunca fueron. Los pedazos caían con dificultad, pero después de unos minutos había un orificio considerable por donde, al menos, cabía una mano. Alguien que estaba al otro lado del Muro, en Berlín Oriental, que había desafiado el limbo en que estaba la Puerta, metió su mano por allí hasta que ambas se unieron. Todos gritaban, se abrazaban. Berlín era una fiesta.

Me acerqué más y recogí algunas piedras que cayeron en el suelo. Y al doblarme para levantar un buen pedazo, no sé si para el recuerdo o para el olvido, vi a una mujer que también pretnedía tomar el mismo pedazo que yo había escogido. Insistí que se quedara con la ruina. Ella sonrió. Yo me quise quedar con su risa.

Era menuda, el pelo negro, muerto, agarrado con dos hebillas a los lados y una pollina que le rozaba sus cejas anchas, con ojos de lechuza y la cintura de Marlene Dietrich. Su mirada era profunda, sus pómulos altos, pero la cara corta, y la barbilla afinada. Tenía un abrigo ligero. Sus senos eran escasos, pero necesarios. Era esbelta y para ser alemana tenía las caderas anchas como si su cuerpo fuera más de una vez.

Me presenté en el mejor alemán que pude, pero ella no constestó, rió. Entonces, volvió a doblarse y escribío con la piedra en el suelo húmedo lo que el polvo de aquella ruina dejó: creí entender que era muda y que se llamaba Slavenka. La multitud volvió a cantar «Nosostros somos el pueblo», ella no cantó, yo tampoco. Guardó el pedazo de ruina en su bolso y de allí sacó una libreta y escribió algo que entendí como una invitación a tomar un café. La seguí hasta que la multitud se hizo más escasa. Pensé en Ernesto, lo busqué cerca del lugar donde nos vimos por última vez, pero fue inútil. Se había ido con mis maletas. Yo sólo me quedé con una mochila, donde guardaba libros, documentos y el número de cuenta de la beca que debía reclamar en un banco de Berlín, no muy lejos de la Humbolt Universität, donde estaba el archivo de Rilke que me traía a Alemania. Le pregunté si conocía algún hotel en el que podía quedarme, le dije que acababa de llegar de Estados Unidos con una beca para investigar y el amigo con el que me iba a quedar se perdió, no tenía ropa, llevaba sólo una mochila. Me pidió que me pusiera de espaldas, me hizo una seña para que me quitara la mochila y utilizar mi espalda de apoyo: Tengo una pequeña habitación en mi taller, te puedes quedar allí en lo que consigues hotel. Queda frente a la Postdamer Platz, escribió.

15 Cruzamos parte del Tiergarten a pie, bordeando el Muro para llegar a la Postdamer Platz. La seguía o, más bien, a su silencio. Yo no paraba de hablar y de excusarme por mi pobre alemán. Ella reía y casi hablaba con la mirada, no sabía si para que me callara o para que siguiera hablando. El zumbido de cientos de personas en las calles intentando despertar la ciudad. Los pinos moviéndose, las sombras y las luces iluminando y oscureciendo su rostro. También al Muro. La gente no cabía en el camino; el Muro nos acompañaba acompasadamente, al igual que sus grafitis y dibujos. Gustav estuvo aquí. 1-28-82, Willem 10-15-87 Libertad. «*Dios está muerto- Niezsche*». «*Nietzsche está muerto- Dios*». Una svástica mal dibujada. Una bandera rusa tachada. Un dibujo de Mickey Mouse. Un corazón roto. Karl y Engels por siempre. Un corazón con una flecha. Rostros, caricaturas con las bocas cerradas, con las bocas abiertas. Un pene mal dibujado sobre uno de esos rostros. Y un graffiti que decía: Algún día esto sólo será arte.

Cuando salimos del Tiergarten cruzamos una calle y Slavenka me llevó hasta un busto de Federico II que había allí y me hizo señas. Me escribió en su libreta que era escultora. La mayor demanda que tenía no eran esculturas como esas, sino la de los cementerios. Adelante se veía la Potsdamer Platz. Bueno, no veía nada, sólo un terreno desolado, casi un desierto. Esto alguna vez fue el lugar más transitado de Berlín, hasta los bombardeos. Recordé una escena de la película *Wings of Desire* en el que uno de los ángeles, vestido de negro, acompaña a un anciano que camina con un bastón por donde ahora yo camino. El anciano repetía en compañía del ángel: –No puedo encontrar el Potsdamer Platz. ¿Aquí? No puede ser aquí. Ahí estaba el Café Josti… Y no hay a quien preguntarle. El ángel lo mira y lo lleva a un mueble abandonado. Allí sentado, el anciano comienza a recitar versos parecidos a los de la *Odisea*: -Nómbrame, musa, el cantante inmortal que, abandonado por los que lo escuchaban perdió la voz. Aquel que de ángel de la poesía se convirtió en poeta... Siempre terminaba ahí.... Miré a Slavenka y le pregunté si había visto la película y asintió. Comecé a hablarle de Rilke, del ángel de las *Elegías de Diuno*... pero me tomó del brazo para que subiera las escaleras. En esos momentos me pareció que su nombre debía ser Silencia. No sé si fue por la forma como me tomó el brazo o me hiciera saber que era muda.

Silencia, como la llamaría de ahora en adelante sin que ella lo supiera, vivía en su taller, en un tercer piso. Era grande, de cielorasos altos y en cuatro aguas. Estaba atestado de esculturas en piedras, marmol, bronce y en su mayoría ángeles con alas rotas o brazos caídos. Había una sección de pompas fúnebres con cruces o estrellas de David maltrechas o con el nombre tachado.

El pisito era perfecto, buena localización, pero una pésima vista al desierto de la Potsdamer Platz; el ruido de los trenes, el viento moviendo la hierba que crece en lo que está abandonado, perdido. Pero no podía quejarme. Tenía una pequeña cocina al fondo, un baño pequeño, estantes de libros y un cuarto atestado de fotografías de esculturas y dibujos a lápiz y carboncillo. Había una foto familiar y le pregunté que si había sido tomada en Berlín Oriental, me dijo que sí con la cabeza y luego me enseñó otra foto que había visto en algunos libros de Benjamin y

Bertold Brecht jugando ajedrez en un parque. Yo comencé a hablarle de Rilke, de la investigación que hacía y ella me tomo el brazo y me enseñó un libro donde había esculturas de Clara y de Rodin.

Otra vez, hablaba de Rilke, siempre lo hacía cuando me ponía nervioso. Silencia hizo un gesto para que me callara, prendió la calefacción y comenzó a desvestirse. Esa es la mejor forma de callar a un hombre. Sobre todo si la que se desviste es muda. Recordé aquella frase de Paul Bowles que, aunque no era el mismo caso, se ajustaba a su mudez: «Me gustaría que fueras ciega, para asustarte, amarte por sorpresa, jugar contigo». Aunque era ella la que jugaba conmigo. Así que no dejé que se desvistiera, sino la ayudé. Se viró para cerrar la ventana dejando ver sus nalgas no muy carnosas, pero fuertes y de buena redondez. Metí mis manos por entre sus bragas negras y de encaje. Hice que pusiera las manos en el marco de la ventana. Miró hacía atrás por encima del hombro y se quitó las hebillas. Le quité el sostén y comencé a besarla desde el cuello, pasando por los omoplatos y su espalda ancha, espalda de escultora, de esas pocas que todavía trabajan la escultura en piedra. Afuera se escuchaban algunos golpes en el Muro. Dentro, mi ángel anfibio ladeaba como un metrónomo. Ella me tomó las manos y las puso sobre sus senos y todavía de espaldas comencé a acariciar sus pezones imaginando el color. Luego se viró y me sentó en la cama. Su sexo estaba copiosamente visitado por vellos como el bosque del Tiergarten. Lo acerqué a mi rostro mientras ella se retorcía, silente. Como no escuchaba sus gemidos tenía que mirarla, escuchar sus gestos.

De pronto, abrió una gaveta y sacó una pizarrita donde escribió una palabra en alemán que no logré entender. Salió del cuarto prometiendo regreso y lo hizo con un diccionario, alemán-inglés que tenía. *Verengung*, era algún derivado de estrecho. Pero no entendía. Busqué la palabra y ésta me envió a otra: no llegué a entender, sabía que tenía que ver con humedad; sólo eso. Pensé en mis cinco años perdidos de alemán. Podría decir *Durchdringungsfähineit*, es decir penetrabilidad, pero no que quería chingar. Podía citar un verso de Goethe, cualquier poema de Rilke, pero no me habían enseñado que *scheide* era vagina en alemán. ¿Por qué no enseñan las palabras vulgares, las reales, en los cursos de idiomas? Quizás lo único que me quedaba era citar las cartas que Mozart le enviaba a su prima. Entonces ella, con cierto pudor, pero con una audaz concentración se sentó a mi lado y comenzó a dibujar mi ángel anfibio. Primero estableció la curvatura hacia arriba que tanto le gustaba a Milena, luego prosiguió con los detalles, la cabeza, las venas, desafiando el ladeo. Luego comenzó a dibujar su sexo y de la punta de mi ángel anfibio comenzó a hacer líneas de semen que caían encima de su sexo. Entonces entendí menos. Era como ver el cuadro de Gustave Coubert, *El origen del mundo*, el sexo de una mujer acostada a la que no se le ve el rostro, apenas un seno y algunos pliegues de la sábana, que fue pintado en el revés de otra pintura. La indicación de Silencia era sencilla, pero por sencilla que fuera no quería defraudarla. Le hice una mueca de mi desatino. Pero estaba tan excitado y nervioso ante aquella mujer espectacular que si me lo llegaba a tocar podía cumplir con el vaticinio de su dibujo. Entonces entendí. Silencia necesitaba que la irrigara primero, era estrecha. Cuando quiso buscar humedad arrodillada y con sus manos en la cama sucedió lo que yo no quería: en sus manos y en su pelo quedó mi esperma como el lago Wansse en invierno. Ella rió, asustada. Se limpió con la ropa interior que estaba en el suelo. Yo quise morir. Parecía un principiante. No era la primera vez que me pasaba; al principio con Milena, antes de que el sexo se convirtiera en algo mecánico, mucho antes con Malva. Para disimular mi desconcierto comencé a recitar versos de Rilke. Pero ella me pidió silencio, con silencio.

16 Me despertó un ruido constante de picapedreros en el Muro. Encima de mi mochila había una muda de ropa y un abrigo que eran de su padre, muerto hace algunos años, como me escribió. El taller era gigantesco y la oblicua luz de los otoños entraba a raudales por las ventanas. Silencia no estaba, pero me había dejado todo señalado, con cartelones rectangulares pegados y algunos colgando en las mismas cosas que las señalaban, todo en alemán. Silencia me había jugado una broma. En una de las puertas de la ventana colgaba la palabra: *Giebelfenster*, es decir ventana de buhardilla. *Küche*, cocina… así hasta llegar a una nota en la que me explicaba dónde estaría. Silencia quería que yo llegara al Café Adler, frente al Check Point Charlie.

Me duché, quité todos los cartelones que indicaban el nombre de las cosas, y salí con mi mochila, el libro de Benjamin, en las manos y con la ropa, un tanto pasada de moda, del padre muerto de Silencia. Tomé el tren como me lo había explicado en el papel y una vez en Mitte caminé casi cuatro cuadras para llegar. El café estaba atestado y al frente los puestos de control yacían destrozados. Me arrimé a la barra al lado de dos *vopos* y le pregunté al mesero si había visto a Silencia. La describí y no sé si fue mi alemán o el suyo lo que no nos permitió casi comunicarnos. Afuera se reunía una multitud. Escuché entre la muchedumbre que el violonchelista Rostrópovich había viajado de emergencia desde París para ver el Muro. No hice más que voltearme para ver cómo se estaba acomodando para tocar. Pensé en Milena. Quise llamarla y lo hice desde el teléfono que estaba en la barra. El belga contestó. Yo modulé la voz y le pregunté por Milena. Le sorprendió mi llamada. Rápido me preguntó por el Muro. Estaba abierto, pero seguía ahí.

—Sólo llamaba para decirte que Rostrópovich toca ahora mismo frente al Check Point Charlie.

Desde donde yo estaba, en el famoso Café Adler, se podían escuchar algunos fraseos del preludio para violonchelo de J.S. Bach. Milena se emocionó y lo nombró como si lo conociera. Luego me preguntó si la visitaría. Le dije que no sabía. Tenía trabajo que hacer y apenas había llegado. ¿Qué tenía que ver el Muro, pasar la noche con un muda a la que le había cambiado el nombre sin que ella lo supiera y, para colmo escultora, con Rilke y mi disertación? Nada y quizás todo. Pero era una buena excusa para no ir a Bélgica y encontrarme con el belga.

—¿Cómo es la vida de casada? —le pregunté.

—Todavía no nos hemos casado, pero ayer tuve una despedida de solteras genial. Con el belga y algunos primos que conocimos esa noche fuimos a una discoteca en la que vimos las imágenes del Muro. Pensé en ti, en tu viaje, pero Miguel, habían tantas vergas que… Vos sabés. Allí mismo fuimos a un cuarto en el segundo piso. Fue la mejor orgía del mundo, Miguel.

Intenté interrumpirla, pero fue inútil.

—En Bélgica todos tienen buenas vergas, venosas y tan blancas como la tuya. Aunque creo que estaba un poco borracha. Dos tipos me desnudaron, me bañaron con cerveza y una de las primas que llegó después se unió. Me duele todo Miguel, pero me hicieron el mejor cunnilingus de mi vida. El belga en una esquina riendo, mirando todo y con la verga como nunca en tantos años. La prima del belga me mamaba el culo, mientras en su barbilla rozaba una verga que entraba y salía de mi trucha con fuerza, como vos sabés que me gusta.

Afuera Rostrópovich comenzó a tocar. Se escuchan las notas del violonchelo. Por el teléfono Milena contándome cuando se metió a la boca dos vergas increíbles. Atrás alguien, a quien no logró verle la cara, le daba por el culo y otra de las primas del belga le ponía espuma de cerveza en los pezones. El belga atrás en una esquina, con una sonrisa, masturbándose.

Afuera Rostrópovich cerraba los ojos tocando el Preludio y decenas de periodistas y aficionados tomaban fotos. Entre la multitud creí reconocer a Silencia. La vi doblarse para tomar un nuevo ángulo, luego treparse en un banco y tomar una foto con el Muro de fondo. Tenía un traje negro que desafiaba el frío de otoño y, como ayer, sus hebillas de metal ligero a cada lado.

—Tenés que venir, Miguel. Aquí podés escribir la novelita de la que tanto me has hablado.

Vi que Silencia caminaba hacia el Café y desde adentro la saludaba, todavía con el teléfono en la mano.

Milena seguía hablando. Vergas entrando y saliendo de la trucha de Milena. Las notas del violonchelo que apenas llegaban. La mano de Rostrópovich bajando por el cuello del violonchelo mientras fruncía el ceño por la emoción. Uno de los primos del belga acariciándose la verga cerca de la boca de Milena, frunciendo el ceño por el placer. El olor del café. El olor amargo de las orgías. El olor de las tostadas. El color tostado de la prima del belga mordiéndole sus pezones. Los senos de Milena. La mermelada encima del pan y la mantequilla. Un hilo de sangre saliendo. La sal de la mantequilla. La sal del semen. El culo rosa de Milena. El sexo hinchado. El sonido de la cafetera. Los gemidos del dolor y del placer, de la muerte y el deseo, que siempre son los mismos. La leche hirviendo. La leche cayendo en la taza del café. El primo del belga eyaculando en el rostro de Milena. La borra del café en el fondo de una taza a mi lado. Los vellos púbicos reunidos. El mesero mirando los primeros bocados, las primeras migajas. El belga mirando todo. Yo con la taza de café en una mano, en la otra el teléfono. Milena con dos vergas, una en cada mano, ambas en una misma boca. El calor de la taza. El calor de los sexos hinchados. Yo no sabía si tenía nauseas o una erección.

—Entonces —continuaba Milena— vino uno de los primos del belga y me…

Colgué.

En Berlín también se olvida, me dije, mientras veía a Silencia acercarse. Atrás la multitud tapaba a Rostrópovich. Pagué la cuenta con los marcos que me sobraban. No escuché el tintineo de las monedas. Metí mis manos en los bolsillos vacíos.

Salí.

SEGUNDA PARTE
AL ESTE DEL SOL Y AL OESTE DE LA LUNA

1 Por esos días había que tener talento para encontrar Berlín. Yo, por supuesto, no lo tenía. Y si alguna vez dudé en tenerlo, fue culpa de la autoridad que nos da el fracaso. El único alojamiento que logré conseguir fue un cuarto de unos diez metros cuadrados y sin ventana, por trescientos marcos al mes. Aunque ya me había rondado la sospecha de que vivir no era nada nuevo, sin ventana ni siquiera podía jactarme de utilizar el sentimiento trágico de decir que Berlín era una calle fría y algo triste. Aunque lo fuera. El edificio estaba localizado en plena Friedrichstraße, a pasos del Checkpoint Charlie y del Café Adler, al cual tuve que dejar de ir los primeros días de mi llegada, pues uno de los meseros del lugar me dijo que una tal Milena había llamado varias veces preguntando por mí. Fue así que tuve que resignarme a una doble certeza: las vergas grandes —como le gustan a Milena— y las ventanas son sentimientos sobrevalorados.

La dueña del cuarto era una señora de unos setenta años, casi ciega, temblorosa y viuda por cuarta vez, que había sido esposa de tres soldados norteamericanos, asignados todos al Checkpoint Charlie. El cuarto marido, un piloto que ya no podía ni siquiera montarse en un avión, se suicidó el día antes de que se consumara el matrimonio en el mismo apartamento que me había tocado alquilar. —No te vayas a suicidar y si lo vas a hacer que no sea aquí. Sería demasiado —me dijo la señora el día en que sólo tuvo que dar media vuelta para mostrarme el cuarto. Era pequeño con un decorado de principios de los años sesenta y estaba en un tercer piso. Las paredes estaban forradas de un empapelado amarillo monocromático y los tonos estaban separados por figuras geométricas. Tenía un escritorio, ningún estante para poner libros, calefacción y una cocina pequeña en la que sólo cabía una taza, aunque parezca que exagero. Mi único contacto con el exterior, además de la puerta y las estrechas escaleras que conducen a la avenida, era un tragaluz en una esquina del baño, pegado al cielo raso, que el soldado mandó a poner días antes de su muerte; el único lujo que se había dado, me dijo la anciana. El piloto sufría de una extraña enfermedad que adquirió cuando se sometió a unas pruebas para la NASA. Una máquina le dio tantas vueltas a tal velocidad que padeció de un mareo constante debido a la claustrofobia que le causó la cabina en la que le hacían la prueba. Sólo tenía una pequeña escotilla de donde sólo veía una luz blanca. Me subí encima de la bañera y no vi nada, sólo el reflejo de la luz en la luz y recordé- aunque no fuera mi trsite caso- una cita de Scott Fitzgerald: «Al fin y al cabo, la vida se puede contemplar mucho mejor desde una sola ventana». Lejos de serlo, podía conformarme con la cita, pues no tenía alternativa. Todos los hoteles estaban llenos y la cantidad de berlineses del este que habían cruzado con la caída del Muro habían hecho de la ciudad algo imposible de estar. Aunque siempre pensé que uno se vuelve más real cuando elige lo imposible. Pero yo ni siquiera había elegido aquello. Eso sí, sin proponérmelo, había escogido no tener talento para encontrar a Berlín.

2   No podía decir que la ciudad me gustara. Lo único que había visto de Berlín lo había hecho para ir al archivo de cartas de Rilke y Salomé en la Humbolt Universität, sin nada que subrayar, muy cerca de la Unter der Linden o para visitar el taller de Silencia, conseguir un poco de calor y huir del ruido. Aunque el ruido también tenía sus ventajas; pues a Silencia y a mi no nos hacía falta romper el hielo. Aparte de haber dormido juntos la primera noche en que nos conocimos, en Berlín había algo que estaba roto en cada parte, alguien martillaba por nosotros, puesto que aún con las ventanas cerradas se podían escuchar a los picapedreros que iban al Muro de la desolada Potsdamer Platz, a pasos del taller de Silencia. Y con muy poca concentración se podía seguir el ritmo del martilleo en pleno coito. Lo malo era cuando el ruido cesaba y uno con él. Aparte del ruido de la piel con la piel, el martilleo me ayudaba a no extrañar el gemido que se supone que saliera de la boca de Silencia. ¿Qué hacer, entonces, cuando se tiene sexo con una muda: olvidar el gemido o escoger también la mudez? ¿Realmente se puede escoger la mudez? ¿Dónde queda el gemido que nunca llegará? ¿Cuándo el sexo comienza a ser lo que

siempre fue: una forma de llenar lo que nunca ha estado vacío? Tenía que conformarme, pues dos es uno y un vacío.

Nunca había estado con una muda y no tenía ningún ejemplo a seguir. Como si para vivir hiciera falta. Siempre estuve con mujeres que hablaban demasiado. Recuerdo con cierto pudor a Eva Garcés, una niña de bien, esbelta, de ojos grandes, ancha de espaldas, cintura fina, y pelo castaño e hirsuto que aspiraba a rosar alguna vez sus hombros y que, en mis tiempos de revolucionario o de ilusionista -para aquel tiempo eran lo mismo- dirigía el grupo de la JAC, Juventud de Acción Católica. Ante los rumores de un alza en la matrícula, el grupo que Eva dirigía había expresado su máximo apoyo a la UJS, la Unión de Juventudes Socialistas, en el que yo militaba. Tardamos unas semanas en contestarle el comunicado, pues la religión y la política la queríamos mantener al margen, pero en realidad no había diferencias: la fe y el apocalipsis es una revelación que comparten todas las ideologías. Terminamos aceptando. En las reuniones noté algunas miradas a las que respondí; había una rutina de futuro que nos unía. Ernesto, que la conocía un poco, me advirtió que no me emocionara y me dijo: El día en que alguien se la tire lloverá agua bendita.

Aunque me dio mucho trabajo que aceptara la invitación a mi buhardilla a pasos de la universidad, cuando finalmente se presentó y comencé a desnudarla, lo primero que hizo fue citar versos bíblicos. Había logrado con cierta dificultad acercar mi boca a uno de sus pezones de un rojo avergonzado. Mi lengua no había terminado todavía de darle al menos una vuelta a su pequeña aureola rojiza de fresa pasada de fecha, cuando comenzó a decir: «Por tu parte, te apretarás la cintura, te alzarás, todo lo que yo mande... pues contigo estoy -oráculo de Yahveh- para salvarte». No se cansaba de repetirlo, así que hice que se arrodillara, me bajé la cremallera y fui yo el que le repetí el verso. Me dijo que nunca lo había hecho y yo le dije que le iba a enseñar un ángel distinto: uno anfibio. Fue en ese momento que me dio con llamarlo así. Le dije que abriera la boca y que no se preocupara por lo de la eternidad o el castigo, pues los ángeles no eran eternos: el único eterno era Dios. Con eso se calmó un poco. Primero palpó la punta con miedo. Le di un consejo: que salivara un poco más y que si quería que me mirara, pero no quiso. Un tanto desesperado intenté brindarle confianza y puse mi mano en la parte de atrás de su cabeza para que lo metiera en su boca. Pero me aguantó, molesta, sin todavía haber pasado del glande. Entonces, la dejé a sus anchas y miré alrededor del cuarto y me fijé en un afiche que tenía del Che que reía con un habano en la mano y que abajo decía una de sus frases célebres: «Hasta la victoria siempre». Imité un poco la risa de él y cuando miré hacia abajo vi a Eva abriendo la boca como nunca lo había hecho, parecía que bostezaba. Pero cometió un error optimista y grave: se metió de sopetón mi ángel anfibio, le dieron nauseas y vomitó. Sentí aquel líquido bajándome por la pierna y encima de mi ropa arremangada en mis pies. Estaba caliente y era blancuzco. A mi también me dieron nauseas y terminé vomitando encima de su cabeza.

Todo el pelo se atestó de aquel líquido viscoso. Por suerte habíamos comido en el mismo lugar, pero el color no me gustaba. Y lo peor era que habíamos comido un plato que tenía maíz, algo que nunca he entendido por qué rayos no digerimos. Ella comenzó a llorar y yo la llevé al baño. El vómito había bajado por su cuello y en su pezón se había encajado un pedazo de maíz que una vez me perteneció o más bien a mi estómago, a donde también pertenece la risa. Al ver aquello le dije que no se preocupara, la tomé por el brazo y caminamos como dos enamorados al baño; ella con la cabeza atestada de aquel líquido viscoso y yo con mi ángel anfibio como sacado de la nieve. Ya en la ducha, mientras le pasaba la mano por su cabello para sacarle mis inmundicias, le dije que de aquí podría salir algo bonito. Ella sonrió. Le dije que así como estaba, salvando la fidelidad del mal olor, su pecho lleno de vómito blanquecino tenía el color de la nieve. Le pregunté si había leído un famoso cuento de Hemingway titulado «Las nieves del Kilimanjaro», pero me dijo que no. Le expliqué que en un epígrafe del cuento Hemingway puso la leyenda de aquella montaña.

El Kilimanjaro era la montaña más alta de África y su nombre en masai significa «La Casa de Dios.» Ella puso una cara de decepción, como si se burlara, y cuando se iba a meter debajo del chorro de la ducha la aguanté y le dije que me dejara terminar el cuento con la perspectiva de sus senos atestados de aquel líquido viscoso blanquecino que sostenía el azar de un grano de maíz atrapado. Le dije que no podía ser más perfecto, pues se cuenta que en la cima de la montaña hay un esqueleto seco y helado de un leopardo que nadie ha podido explicarse qué buscaba el animal por aquellas alturas. Todos los que leen el cuento se imaginan al leopardo vivo, al menos yo, dando vueltas en aquella altura buscando no sé qué y muriendo de frío. Las lozas del baño también eran blancas, caía el agua encima de su pelo y algunos hilos de agua bajaban por su cuello, pero el grano de maíz se mantenía, no sé si por la aspereza de la aureola del pezón o por el líquido blanco que había salido de mi boca. Me imaginé al leopardo dando vueltas en el Kilimanjaro. Eva no tenía las tetas más grandes del mundo, pero tampoco las tenía que tener para imaginarme aquella escena. El leopardo, sin saber cómo bajar, dando vueltas en la cima, sin saber qué hacer con el atardecer, el frío y sus manchas amarillas. La nieve debajo de él, el cansancio y el atardecer rebotando en la nieve, como lo hacía el pezón de Eva, insistente encima del vómito. Le volví a repetir que de este accidente podía salir algo bonito y me dijo:

—Tendrás que pedirme matrimonio —replicó.

—¿No te conformas con haber vomitado juntos? En la salud como en la enfermedad. ¿No? No es acaso algo parecido a esto lo que hace un matrimonio. El amor dura tres semanas. El resto es un gran esfuerzo por recordar y olvidar. Se intenta recordar esas tres semanas durante toda una vida y, a su vez, se olvidan las inmundicias, malos olores, sudor, sangre, menstruación, esperma, secreciones: la mancha que dejó el otro. En fin, la mancha humana que somos y seremos.

—¿Qué? ¿Ahora te vas a enamorar de cualquier muchacha que vomite? —me dijo con la barra de jabón en las manos.

—Bueno, si lo hace como tú, sí —le dije en forma de broma mirando el pedazo de maíz, cosa que no le gustó.

Entonces, se metió debajo de la ducha dejando caer el pedazo de maíz. Miré al suelo de la bañera haber si lo veía. Lo vi dar vueltas alrededor de los pies, resistir la corriente, intentar meterse entre los dedos de mis pies, desafiar la espuma del jabón, los restos de vómito y dudar ante el remolino de agua que se forma en el drenaje. Hasta que lo perdí de vista. Eva salió de la ducha, se vistió y, en el umbral de la puerta con la ropa mojada me dijo que yo era un puerco. Le contesté diciendo que al menos yo no me ponía la misma ropa vomitada. Ella se miró, vio que era cierto, se le aguaron los ojos y se fue. Sólo llegué a verla en una de las Asambleas de Estudiantes y cuando me acerqué con cara de pena, me dijo que tuviese cuidado que podía vomitar en cualquier momento. Cuando le conté a Ernesto se burló de mí y dijo que cambiaría de frase: «El día en que alguien se la tire lloverá vómito bendito».

3 Al lado de Silencia, mis primeras semanas en Berlín transcurrieron en un extraño intento: el de distinguir la mudez del silencio. Al principio parecía una aventura que no pasaría de dos o tres noches. Y hasta llegué a pensar que terminaría en algún hotel de Berlín o, aún peor, viajando a algún lugar de Europa para encontrarme con Milena y el belga. Pero con los días se afianzó una cotidianidad íntima y desconocida que me asustó, de esas en que no nos sorprende ver a una mujer que rasca su pubis distraída mientras decide, frente al refrigerador, qué hacer para desayunar. Ante la costumbre de verla escribir para poder comunicarse, llegué a matricularme en cursos de lenguaje de señas en la Humbolt Universität, pero Silencia me insinuó que no era necesario. Pues la mudez es silencio que se sabe imperdonable.

La mudez de Silencia no era de nacimiento, sino causado por trauma de la niñez y era muy poco probable que a su edad -tenía veintinueve- volviera a hablar. Sólo podía ocurrir por alguna casualidad del inconsciente con una o dos personas, pero nunca podrían recuperar la voz completamente. El trauma seguía latente y, por más terapia que recibiera, un simple recuerdo involuntario podía iniciar el trauma de la peor forma. De hecho, había días en que en vez de investigar en el aburrido archivo de cartas de Rilke, buscaba revistas médicas y de psicología. El único consejo en que coincidían casi todos los artículos que leí era que había que tratar de forma normal al paciente, como si no fuera muda. Algo así como si nada hubiese pasado. Muy parecido a lo que Berlín vivía en aquellos días, cayó el Muro y ¿todo podía volver a la normalidad? ¿Es tan veloz el olvido? Al parecer, el Muro era una defensa con la que contaba Silencia. Una defensa del pasado; ahora sólo tenía el presente de su mudez. Más bien, tenía un silencio demasiado ruidoso.

4 Por aquellos días había cierto fervor por la reunificación. El canciller Helmut Kohl había propuesto un programa de diez puntos para la reunificación. Era como una especie de programa para impulsar el marco en Alemania Oriental. Ciertos escritores aun de Alemania Occidental se oponían y reaccionaban, diciendo que el canciller no podía callar lo que Alemania Oriental (RDA) todavía le podía dar a la Alemania Occidental (RFA). Silencia era de las que odiaba que las cosas volvieran a la normalidad, como si

no quisiera, tan siquiera volver a hablar, o por lo menos hacer el intento. Ya que ni siquiera podía mencionar la política en la que Alemania estaba sumida con la caída del Muro, entonces recurrí a lo más cercano para un ratón de biblioteca como yo: la literatura. Sobre todo si pensamos que la literatura no es nada sin la mudez: lo que leemos no es otra cosa que el resultado de todo aquello que los escritores han callado, pues no se puede decir todo a la vez; nunca se llega a decir algo realmente. Estamos condenados a repetir lo que otros han callado. Pero eso no quita que exista una certeza, absurda y fundamental, de no saber qué hacer que nos lleva a la literatura.

Aparte de las *Cartas para sordomudos* que había escrito D'Alambert o las últimas líneas de Hamlet antes de morir: «El resto es silencio», no se había escrito, al menos que yo conociera, sobre la mudez o sobre una muda. Habían ciegas, tímidas, cojas, tartamudas, o mujeres retraídas, inválidas o simplemente muertas. Lo más cercano a lo que vivía lo había escrito Edgar Allan Poe en un cuento un tanto alegórico titulado *Silencio* en el que el demonio le dice al único habitante que el lugar del que le habla no hay silencio y al final aparece la palabra SILENCIO tallada en una roca. Pero germanófilo al fin, yo prefería a Franz Kafka en un relato corto que llamó *El silencio de las sirenas*.

Kafka reescribió el mito de Ulises de una forma magistral. Según Kafka, cuando Ulises huía de Calipso, se hace amarrar al mástil de un barco y se pone cera en los oídos para no escuchar el persuasivo y fatal canto de las sirenas, por el cual muchos marinos jamás regresaron. Pero las sirenas tenían un arma aún más terrible que su canto: su silencio. Dice Kafka que Ulises se empecinó tanto sobre la cera y las cadenas para no escuchar su canto que, cuando pasó cerca de ellas, Ulises confundió sus miradas, sus bocas entreabiertas, sus manos puestas en las rocas, los giros de sus cuellos o el movimiento de sus cabellos al viento con las melodías inoídas de las sirenas. Ellas sabían que Ulises pasaría por allí protegido y sólo querían ver los ojos grandes de aquel héroe. Con Silencia era algo parecido: a un lado estaba el silencio que exigen dos bocas, dos sexos muy cerca y, por otro, la culpa que está en la esperanza de que todo fuera de otra forma; que gimiera o hablara y me dijera todo lo que pensaba. Como si eso fuera posible, aun sin la mudez.

5   Con los días me acostumbré a hacer todo lo que Ulises no hizo: un inventario de miradas y gestos y, sobre todo, no regresar al pasado. Aunque en eso también fracasé. Frente a la belleza de Silencia aprendí a distinguir una sonrisa amigable de una coqueta, a hacer el amor con los ojos abiertos y saber cuándo apretaba demasiado sus pezones, cuándo una nalgada era justa –aunque creo que todas lo eran– o a distinguir el momento en que su boca

se abría para expresar dolor o placer. Pero nunca llegué a diferenciarlas. No estamos hechos para eso. O damos placer o dolor; aunque tengan en común una sola cosa, que ambos se llenan con vacíos. Eso sí, llegué a reconocer el gesto que hacía Silencia para no volver jamás a Berlín Oriental. Aunque no fue un descubrimiento que me halaga saber, pues la hice encolerizar. Y uno no quiere eso de una muda.

Un día en que llegué de la biblioteca le dije a Silencia que había conseguido un paseo guiado por Berlín Oriental a muy bajo costo. Pero al parecer había cometido un gran error. Por su gesto adiviné que no quería volver a Berlín Oriental. Estaba encima de una lápida esculpiendo letras con un cincel en una mano y un martillo en la otra. Cuando me escuchó hizo un gesto de renuncia, algo que fue peor que si me dijera que no. Arqueó un poco su ceja izquierda, frunció el ceño y bajó la mirada y la fijó sobre las letras inacabadas de la lápida como si no mirara a ningún lugar. Justo como lo hizo Ana Karénina cuando, desde el andén, miró las vías del tren y recordó que la primera vez que conoció a su amante, Vronsky, alguien se había lanzado a las vías. Después del recuerdo y una extraña mirada, Ana se tira segundos antes de que llegara el próximo vagón para asegurar su muerte. Por un momento pensé que todo terminaría ahí, como le sucedió a la trágica Karénina. Yo me quedé mirándola por encima del libro que leía, desde el sofá. Al rato se levantó, fue al cuarto y buscó la pizarrita con la que me indicó lo que debía hacer para complacerla la primera noche en que estuvimos juntos. Borró lo que estaba dibujado, y me escribió: «Nadie me preguntó si quería que el Muro cayera. Y ahora tengo que hacer lo que todo el mundo hace. No creo que vuelva a ir.» Entonces borró con la mano lo que había escrito colérica, casi sin terminar de que yo lo leyera o lo tradujera, se limpió del delantal y volvió a escribir: «*Si quieres, puedes ir tú sólo. A mí me basta con restaurar o hacer lápidas para un cementerio, lo que he hecho por mucho tiempo. Prefiero los muertos que a los vivos. Los muertos no recuerdan*». Puso la pizarra a un lado y yo, por primera vez desde que estaba en Berlín me quedé mudo, sentado en el mueble mirándola.

Era la primera vez que discutíamos y nunca había visto a una muda molestarse. Sus ojos se humedecieron un poco, pero de rabia. Ahora lo sabía: la mudez es el silencio que seremos. Aunque el silencio es un subgénero del amor; la mudez no. Tenía que comprenderlo, mi inocente invitación era como si me dijeran que tenía que, de pronto, volver a mi país, al sanatorio marítimo donde había nacido, donde también estaban todos mis recuerdos, al menos lo que me hacía recordar lo que se supone que ya hubiese olvidado. No podía hacer lo que Ulises: regresar. Aunque es inevitable: uno termina regresando aunque nunca se haya ido.

Mientras estuvo de espaldas frente a mí en el suelo y encima de la lápida de mármol blanco, a la que ahora se le taladraba la fecha de algún muerto, pensé que estar al lado de una mujer que no quiere volver a su pasado, que no tiene familiares que terminen odiándome y, además, muda no era un problema: Berlín Oriental podía esperar. Pensé abrazarla, sorprenderla de espaldas como le gustaba, pero desistí.

De pronto, vi que se levantó, fue al cuarto y me trajo una revista, *Der Spiegel*. La volví a mirar y vi que me hizo un gesto para que leyera donde la había abierto. Era un artículo del escritor alemán Günter Grass, a quien Silencia admiraba mucho, no sólo por sus escritos, sino porque era escultor. Dejé a un lado el libro que leía, resignado, y comencé a leer. Silencia se fue. Escuché ruidos en el cuarto, luego la puerta del baño y la luz, finalmente el agua. Asumí que se quería duchar para pasar el coraje. El artículo de Grass, sobre las propuestas del canciller Helmut Kohl, reaccionaba al programa de diez puntos para la reunificación que había propuesto el canciller Kohl. Pero Günter Grass, al que habían llamado en la prensa traidor de la patria, se oponía: las dos Alemanias deben seguir su existencia separada. El artículo que había sido traducido para que también apareciera en el *New York Times*, estaba subrayado en un párrafo que decía: «Capitalistas y comunistas tuvieron siempre una cosa en común: su condena a priori de cualquier intento de "tercera vía". [...] Se pretende crear la impresión de que en Leipzing y Dresde, en Rostock y Berlín-Este no ha sido el pueblo de la R.D.A., sino el capitalismo occidental quien ha vencido en toda la línea. Y empieza el saqueo. Apenas una de las ideologías ha empezado a aflorar la presa para finalmente soltar a su víctima, la otra ideología se abate sobre ella como si fuera lo más normal del mundo».

Terminé el artículo, recordé uno de los consejos que daba una de las revistas médicas sobre la mudez y la normalidad, pero tomé el libro que siempre leía: *Crónica de Berlín*. Me estaba comenzando a convencer que, si quería conocer Berlín Oriental, debía hacerlo solo, pero con un mapa, como el mismo Benjamin decía: «*Hace ya tiempo, años para ser exactos, que le estoy dando vueltas a la posibilidad de organizar biográficamente el espacio de la vida en un mapa*». Subrayé la oración y cerré el libro para irme a mi cuartito sin ventana. Pensaba, quizás, disculparme: aparecer en la ducha con cara de arrepentimiento. Cuando me ponía los zapatos vi que Silencia salió del baño no con una toalla, aunque el pelo estaba húmedo, sino con un mapa gigantesco de Berlín Occidental que le cubría casi todo el torso hasta las rodillas. Era el mismo que estaba en la pared de su cuarto que vi la noche en que cayó el Muro.

Silencia caminó hasta la ventana y me enseñó el mapa por encima de su cuerpo como un traje sin manguillos que se alzaba con sus senos y se metía debajo de sus axilas hacia atrás. En algunos puntos el mapa estaba escrito con marcador rojo. Tenía círculos que señalaban las estatuas que ella había restaurado y los cementerios a los que hacía trabajos. El papel del mapa había perdido un poco el brillo, pero no sus dobleces. En el medio de su pecho estaba el Tiergarten, verde, con sus caminos y plazas de amarillo y sus lagos pintados de azul. La avenida 17 de Junio cortaba el Tiergarten. Silencia tomó su dedo y lo puso en dicha avenida para que la recorriera con el dedo. Subí con el dedo por la avenida. Luego en la colina de su pecho izquierdo vi asomado la señal de su pezón erecto. Ya las calles comenzaban a perder su nombre ante el aviso de mi saliva. Pasé mi dedo alrededor y Silencia se mordió los labios... había una señal escrita con un círculo rojo una estatua que Silencia había restaurado con la fecha. Silencia acercó mi rostro a esa dirección. Yo abrí la boca y la puse allí. Sentí su pezón detrás, aunque el sabor del papel no era muy bueno. Miré la huella de mi saliva expandiéndose con cautela y Silencia se llevó uno de sus dedos a mi boca, la humedeció e hizo un círculo con mi saliva, donde estaba la huella de humedad. Volví otra vez al papel, pero sentí el sabor amargo. ¿El sabor de la cartografía? Ella vio mi cara de desagrado y me excusé. Entonces Silencia puso sus dedos allí y comenzó a romper el papel con facilidad, pues estaba húmedo, hasta dejar libre su pezón en un orificio un tanto irregular, como la misma geografía.

Humedecí el pezón erecto con la punta de mi lengua, mientras ella hacía otro orificio en su otro pezón, que quedaba en el barrio de Kreuzberg. Sentado, llevé mis manos a su cintura, donde había un doblez que cruzaba Potsdamer Chause. Hice lo mismo con su otro pezón, pero Silencia me llevó, por el camino amarillo de las avenidas principales. Allí, al suroeste de Berlín y al sur de su ombligo estaba la señal del puesto de control del Muro. La miré con contentura y le dije que el Muro había caído. Que ahora sería más fácil. Silencia caminó hacia atrás donde había un mueble. Se sentó, abrió sus piernas y acomodó el mapa encima de su sexo. Comenzó a frotarse mirándome con deseo. Y poco a poco el mapa fue tomando la humedad de su sexo, como si detrás un fuego ardiera; sólo que era un fuego húmedo. La humedad comenzó a hacer estragos hasta que se obscurecieron los nombres de las calles, avenidas y plazas. Sólo quedó el relieve de su sexo. El papel había perdido la fuerza y mi ángel anfibio la había adquirido toda. Yo solté saliva encima hasta que el mapa perdió su rigidez, palpé los labios por encima del papel y estiré con mis dedos el mapa hasta que comenzó a romperse. Aparecieron los vellos púbicos, luego, su rebosante clítoris. El mapa cayó al suelo por el peso de la humedad. Los dos nos quedamos mirando el mapa allí arrebujado en el suelo; yo pensé llevármelo y colocarlo en mi cuarto en donde se supone que tuviera mi ventana. Volví a mirar a Silencia y con sus manos se expandía los labios de la vagina. Eso era todo lo que tenía que hacer, como había hecho Benjamin, «organizar biográficamente el espacio de la vida en un mapa».

6 Una de esas noches frías en que uno prefiere escuchar el temblor de las quijadas con tal de no leer nada que tuviera que ver con mi tesis doctoral, salí de la biblioteca y fui a dar una vuelta por los bancos del Tiergarten a buscar aire fresco, aunque en realidad estaba helado.

El Tiergarten todavía guarda el estilo romántico inglés que Joseph Lenné le dio entre 1833 y 1840, el cual lo atestó de esculturas. En una Venus de piedra que miraba a ninguna parte y atestada de graffitis de penes mal dibujados, tomé una de las aceras que se alejan de los restos del Muro y que bordeaba el Jardín de los Animales. En un banco vi a un hombre corpulento de espaldas y sentado que le decía a una mujer entrada en carnes que le gustaba que se lo chupara mientras hablara, pero en una lengua que no entendiera. Él le dijo que por favor no dejara de hablar mientras lo hacía. Chupar y hablar era algo a lo que no estoy acostumbrado a oír. Siempre preferimos el silencio o el chirrido de quien que lo hace. También es cuando nos da con tener caras de reyes y decir como Neruda: *Me gustas cuando callas porque estás como ausente.*

Pero este no era el caso. Yo me escondí detrás del tronco de un árbol. La chica estaba vestida con una minifalda de cuero, correas y como estaba doblada se notaban los ligueros que aguantaban sus medias. Doblada y desde el ángulo en que me había movido sigilosamente pude ver un poco de celulitis en los muslos y que estaba entrada en años. Tenía tetas enormes y se las había sacado, a pesar del frío. La piel era un poco tostada y el pelo teñido de rubio, de un rubio imposible; ni un ario lo tendría así. Él tenía un uniforme crema, al parecer del zoológico. Debía ser cuidador de animales. Ella, arrodillada encima de su abrigo seguía hablándole en alemán, diciendo que sus tetas eran naturales y hacía que él les tomara el peso con sus manos e invitándolo a un lugar más seguro. Así, se parecía a la tetona de Fellini que sale en la película *Amarcord*. Pero él dijo con violencia que no hablara alemán; pues si iba a estar con una latina tenía que chupar en español. Abrí los ojos, quise acercarme un poco más, pero hice un poco de ruido. Él miró hacia atrás y creí que le habló a uno de los animales que se encontraban en una verja de cemento a mis espaldas. Cuando dejó de vociferar, quizás regañando al rinoceronte a un loro o a un elefante, escuché el ruido de la cremallera y ella exclamó:

—Usted sí que tiene una buena verga.

Él rió sin entender y le gritó que chupara.

—Cómo así, por bajarte la cremallera te costará más huevón. Así que trátame bien —dijo ella.

Y cambió su tono de indignación por uno coqueto cuando palpó la punta de aquella verga indecente.

—Tráteme bien que esto lo hago con cariño, no soy fría como las prostitutas alemanas.

La vi meditar un poco ante la verga de aquel alemán corpulento. Entonces hizo una introducción de lo que iba a decir mientras se la chupaba, aunque lo calmaba pasándole su lengua.

—Cuando era chica me aprendí de memoria el Mensaje al Congreso Constituyente de la República de Colombia de 1830 de Simón Bolívar. Empezaba así: *¡Conciudadanos! Séame permitido…*

En ese momento se metió en la boca la verga del alemán y lo único que se escuchaba era casi un murmullo.

—Ardua y grande es la obra de constituir un pueblo y sale de la opresión y la guerra civil y la anarquía…

Y se la sacaba para descansar y conseguir la saliva perdida, lo miraba y volvía otra vez. Como si un ahogado recitara discursos antes de hundirse y cuando justamente se supone que ya se hubiera ahogado sale a la superficie, con agua en los pulmones o en la boca y continuara con su discurso.

—Pero las lecciones de la historia, los ejemplos del viejo y nuevo mundo, la experiencia y veinte años de revolución, han de servirnos como otros tantos anales colocados en medio de las tinieblas de lo futuro…

Nunca había visto una técnica como esa: hablar

mientras se mama, hablar mientras una grandísima verga le ocupa la boca. Fallaba en las eres, aunque las te las lograba, sólo las vocales, sobre todo las guturales se entendían.

El alemán gemía y le decía que no parara de hablar. Entonces vi que se agarró la verga y ella automáticamente sacó y extendió la lengua como si ella supiera lo que él iba a hacer. Él comenzó a moverla y a darle en la lengua, en la cara con la verga como si tuviera un látigo en las manos y le pedía que hablara, que siguiera. Ella continuó sin fallar en el discurso de Bolívar, el gran libertador.

—Prestad vuestra soberana atención al origen y progreso de estos trastornos. Las turbaciones que desgraciadamente ocurrieron en 1828, me obligaron a venir del Perú, no obstante que estaba resuelto a no admitir la primera magistratura constitucional para que hubiera sido reelegido durante mi ausencia. Llamado con instancia para restablecer la concordia y evitar la guerra civil.

Pero en ese momento a ella le vino un bostezo inesperado y él se molestó. Comenzó a insultarla, algo a lo que debía estar acostumbrada. Pero comenzó a pegarle y no pude más. Busqué alguna rama y encontré una muy fina, me acerqué por detrás, rama en mano y lo amenacé con cortarle el cuello. Claro, con una rama y seca, pero no se daría cuenta. Le dije que la dejara quieta, que sacara el dinero que le debía y que se fuera. Ella comenzó a gritarme.

—Pero qué hace usted. No sea huevón.

Era bastante mayor, debía tener más de cuarenta años.

—Cómo así me va a quitar este cliente. Qué se ha creído. Ya casi no quedan aquí.

Entonces le dije en español que se callara y que no fuera malagradecida. Él se zafó y huyó sin pagarle ni un centavo.

—Ahora usted me tendrá que pagar.

—¿Estás bien?

Pero no contestó. Vi que sangraba un poco por el labio de abajo. Tengo una servilleta —le dije.

—Yo lo único que quiero es que usted me pague la plata que me quitó.

—¿Cuánto cobras?

—Por una chupada cobro veinticinco marcos.

—Tan barato —le dije—. Con eso me puedo comprar dos libros.

—Ah, bueno qué va a comprar *Lolita*, de Nabokov y masturbarse en nombre de aquella nínfula. No sea pendejo. Qué quieres que haga ahora si desde que se cayó el Muro me he quedado sin trabajo. A mí antes me buscaban y ahora tengo que salir a la calle. Es verdad que estoy algo entradita en años pero, mira que tetas. Además yo no tengo que darle explicaciones a usted.

Saqué de mi bolsillo treinta marcos. Ella cambio la cara y sonrió.

—Gracias guapo. ¿Cómo te llamas?

—*Miguel Strogoff.*

—¿Cómo así? ¿Qué crees que soy: una ignorante? Soy puta, pero no pendeja.

—Miguel Gravesky.

—Como quiera es un apellido raro.

—Yo soy Laika, como la perrita que fue al espacio en el Sputnik.

—Bueno, ¿y de dónde eres? —me preguntó.

—De Puerto Rico.

—Ya —dijo Laika.

—¿Ya qué? —pregunté.

—Ya entiendo por qué se te hace tan fácil soltar plata sin que te diera la chupada. Creen que se lo merecen todo, que las cosas del cielo. Y lo peor de todo, nunca sabrán si son latinoamericanos o norteamericanos. Y no me digas que te resulta los mismo… ¿Quieres que te invite un café? Sé de un buen sitio cerca de aquí. El café Adler.

—Me quedo cerca —le dije.

Hice silencio y luego le pregunté:

—¿Me vas a invitar un café con el dinero que te di?

—No —dijo—. Esa plata es para mí. Allá me los dan gratis.

7   —Soy de Bogotá. Tengo cincuenta y un años y llevo casi toda mi vida acá. Vine a Berlín porque me dijeron que aquí era fácil dejar de ser colombiana, al menos la parte más triste de serlo. Tenía diecisiete cuando llegué y a esa edad cualquiera se cree lo que le digan, como por ejemplo que acá o allá la vida es mejor. Pero esta ciudad lo que hizo fue acentuar más mi condición de extranjera. Y terminé chupando vergas a lo colombiano. Llegué a principios de noviembre de 1957 y lo recuerdo bien porque era la semana en que el Sputnik II todavía estaba en órbita y en la televisión de uno de mis clientes pasaban las imágenes de la perrita, de su proceso de rescate en Moscú, de su entrenamiento para meterla en esa navecilla con comida y una pequeña escotilla. Recuerdo que mi primer cliente acá en Berlín, aunque no era la primera vez que estaba con él, me preguntó cómo me llamaba y de dónde era, mientras yo lo esperaba sentada en la cama, con las tetas al aire y el televisor prendido. Él me preguntaba si yo era una espía. Yo le deje que las espías no maman como yo. Y entonces me contó una historia de una prostituta en Constantinopla que se llamaba Armenia que se hizo pasar por una sordomuda y luego terminó siendo una espía. Le seguí la corriente y le dije que si quería podía recitar versos mientras se la chupaba. Sonrió, luego se acercó y me preguntó mi nombre. Cuando le dije puso una cara de decepción que me asustó y me dijo: «Ninguna perrita latinoamericana

que chupa tan bien puede llamarse así. ¡Qué horror!». me dijo. Era el embajador de Chile en Berlín. No era de las mejores que había chupado, pero era de las primeras. Era gordo, feo, calvo y parecía un oso, tenía pelos por todos lados. No fue que me detuviera a mirarlo, sino que terminé por encender la televisión para evitar ver sus nalgas peludas en el reflejo de aquel aparato. Con algunos de mis clientes lo hago, prendo el televisor para no aburrirme. Sabes, a veces chupar aburre, sobre todo si la esposa del que le hago el favor se niega.

»Allí, al borde de la cama con la verguita del chileno en mi boca miraba el televisor y cuando anunciaron que la perrita Laika había muerto me dio mucha pena y como tenía la verga en la boca intenté hablar con ella. Él me miró y me dijo que lo volviera a hacer que le gustaba la vibración. En ese momento quise que terminara ya, que se corriera, pues quería escuchar la noticia, aunque no supiera alemán. Y sin encomendarme a la virgen, le metí la mano por la raja de las nalgas hasta llegar al culo. Ese es un truco que me habían enseñado en Bogotá para que el cliente eyacule más rápido. Pero el chileno malnacido ese me dijo que ya conocía ese truco. Entonces me la metí completita en la boca, pero tampoco funcionó. Él prefería que hablara con la verga en la boca. Así que comencé a lamentarme por la muerte de la perrita, muchas veces y cuando se corrió, después de un gemido y sin saber si tragarme aquello o escupirlo, me dijo que podría aprenderme algo de memoria, quizás podría recitar a Neruda y hasta Goethe con eso en la boca y créeme, tendrás éxito en esto. Me lo tragué, no me quedó más remedio. Es como tragar sal y cera de vela derretida. Con el tiempo uno se acostumbra. Entonces, comencé a practicar, a aprenderme de memoria algunos poemas, discursos. Y cuando me cansé con una lo hice con dos.

»No es tan duro como algunos creen. Cuando es una o dos una se puede abrir la boca así y no pasa nada. Pero cuando son tres o más necesitas un buen vaso de agua para que no se te acabe la saliva y una rutina de estiramiento de la quijada y el cuello. Ninguna de las chicas sabe cómo lo hago, pero lo hago, por eso me llaman Laika. Sólo esa perrita sabe lo que vio a bordo del Sputnik II. He publicado algunos poemas muy malos en algunas revistas, a lo mejor te pueden interesar. Me dijiste que escribes, ¿no? Quizás me puedes incluir en tus escritos. ¡Laika, la que chupa a lo colombiano! ¿Qué crees?

»Siento que le debo mi fama a esa perrita. Algunos dicen que los mismos rusos la envenenaron para que no sufriera. Otros dicen que murió calcinada cuando la navecilla entró a la tierra. Nadie sabe. Sólo esa perrita sabe cómo murió. Si es que uno sabe cuándo uno muere. Pero me dicen Laika porque siempre me la he pasado entre Berlín Oriental y Berlín Occidental. A los vopos nunca le cobro caro, aunque odio que en Berlín Oriental me paguen con un vale para comprar comida o ropa; a veces lo necesito. Pero mis mejores clientes eran los de Chekpoint Charlie. Desde este café son sólo cien metros. A los norteamericanos que trabajan allí les gusta que le dé consejos para que la pasen bien con sus esposas, aunque creo que lo más que le gusta es que una latinoamericana en Berlín se las chupe. Eso les sube el ánimo. Y créeme. No hay mejor cosa que después que te gritan porquerías me regalen un buen abrazo. Son todos unos caballeros. Ellos dicen que chupo como una auténtica bogoteña, aunque nunca he sabido qué rayos significa eso. Ni ellos tampoco.

»Pero no me puedo quejar. Siempre me han tratado muy bien, sobre todo a mi edad. Casi siempre atiendo a jovencitos que tienen fantasías con una mujer como yo. Pocas veces atiendo a clientes de mi edad, como el malnacido de orita. Por un lado tengo que darme a respetar y por otro ser agresiva, pues hay que aprovechar la Begrüssunsgeld, es decir «la subvención de bienvenida» que aprobó el gobierno para los refugiados de Berlín Oriental. Con sólo presentar una identificación el gobierno te da cien marcos occidentales y yo sólo cobro veinte y cinco por una chupadita. Tengo experiencia en esto. Lo hago desde que tenía diez años. Sí, así como lo oyes, y fue en Bogotá la primera vez que me pagaron por hacerlo.

»Cuando mi madre murió de malaria nos mudamos a Bogotá. Mi padre consiguió trabajo en la droguería Granada limpiando y, a veces, ayudando a despachar. Y yo iba al colegio y ya me había tirado a media escuela. Uno nace con eso, sabes. A veces era gracioso, cuando aquello niños mayores que yo no sabían cómo era bien su esperma hasta que la veían en mi cara. Siempre terminaba en las sábanas o en el agua del inodoro y hasta en las revistas. Pero les sorprendía ver el color perlado y hasta lo tocaban con curiosidad. Una vez le dije a uno si quería probarla y después me dijo que era muy salado. Las mujeres sólo acentuamos lo que ustedes creen que son. Rinocerontes furiosos que no saben qué hacer con un solo cuerno, pero después del placer ponen cara de lo que realmente son: monos que se les ha perdido el trasero. Yo era guapísima y desde los nueve habían comenzado a salirme estrías en las caderas por el crecimiento y tenía buen pecho. Pero no era la única. Con una amiga me escapaba de la escuela a la Plaza Bolívar hasta llegar al trabajo de mi tía. Mi amiga desaparecía y yo me quedaba sola con mi tía. Ella trabaja de mesera en el café Gato Negro, el famoso a donde iban escritores, periodistas y políticos, como el querido Gaitán, el gran líder del antiguo UNIR (Unión Nacionalista Izquierdista Revolucionaria). Mi tía tenía un cuartito en el segundo piso y siempre la vi subir acompañada de buenos machazos. Yo trabajaba allí para ayudar a mi padre que quedó conmigo y mi hermana de dos años. Nunca hacía buena plata, así que me aventuré. Ese día el café estaba lleno de norteamericanos y diplomáticos, pues se celebraba el encuentro creo que era la Novena Conferencia Panamericana. Gaitán quería congraciarse con ciertos sectores y así liderar una oposición más certera al régimen de Mariano Ospina Pérez. Esto lo sé ahora. Pero en aquellos días sólo me atrapaba ver la cara de los chicos con los que estaba después que eyaculan.

»Aquel mediodía le serví a Gaitán un café y él me preguntó que por qué no estaba en la escuela. Era guapísimo. Y le dije que me estaba preparando para tomar un examen de historia. Tenía que aprenderme de memoria el Mensaje al Congreso Constituyente de la República de Colombia de 1830 de Simón Bolívar. Lo recité y lo convencí de que no llamara a mi padre. Al rato se levantaron y un señor que estaba en una esquina me dijo que hacían falta algunas destrezas de oratoria para que saliera mejor. Mi tía lo miró con rabia y le dijo: «Recuerda que es una niña». Yo capté y le dije muy cerca que había un cuarto arriba. Y cuando mi tía me vio subiendo con él le dijo: «Sabes que te costará el triple». «Te lo puedo dar por adelantado si quieres», dijo él. Se llamaba Juan Roa Sierra, tenía la mirada un poco perdida, estaba nervioso y no se había afeitado en dos días. Cuando llegamos al cuarto se quitó el cinturón y puso el sombrero de fieltro encima de una pistola que llevaba en la cintura. Hice lo que siempre hacía, me quitaba la ropa poco a poco y bien orgullosa de mi pecho para mis diez años. Aunque nadie podía asegurar que esa era mi edad, pues parecía al menos de catorce. Él estaba nervioso y me dijo que tenía una niña de mi edad. Luego le dije con cara de coqueta que yo no era su hija, que no se preocupara. Él me abrazó y se le aguaron los ojos. Yo aproveché su tristeza y le bajé la cremallera. Me asusté con aquella verga tan enorme. Yo me había acostumbrado a las de mi edad, quizás un poco mayor. Él me viró y me puso en cuatro. Entonces me asusté y me dijo que no me quedara callada, que dijera algo. Comencé a recitar el Mensaje de Bolívar. Él acarició mis nalgas y comenzó a frotar mi sexo mientras yo recitaba. Sentí su verga caliente y una tibieza húmeda que caía. Después supe que eran lágrimas. Yo estaba nerviosa y un poco seca. Y con la punta de su sexo comenzó a frotarme y yo casi me vine. Y cuando comencé a sentir que al fin él lo metería se arrepintió. Yo paré de recitar, miré para atrás y vi que se estaba vistiendo, mientras lloraba. Yo le insistía, lo abracé, pero él me quitó los brazos y me pidió perdón. Me dejó dinero en la cómoda. Yo le grité que volviera. Y cuando vi a mi tía lloré. Mi tía se molestó y mientras bajaba las escaleras lo insultó. Pero yo le respondí a mi tía que él no me había hecho nada y le dije que volviera. Él alzó la mirada desde abajo hacía donde yo estaba, desnuda, húmeda y con ganas de que él subiera. Que si me enamoré, creo que sí. Él se quitó el sombrero se lo puso en el pecho y me tiró un beso. Jamás lo olvidaré.

»Entonces, fui hasta la ventana donde estaba mi tía que se la estaban sodomizando. Interrumpí y lo llamé, pero no me respondió. Al rato escuché una balacera, se escucharon tres tiros y alguien que gritaba que habían matado a Gaitán. Vi a Roa Sierra correr hasta esconderse. Lo seguí y vi que se metió en la droguería Granada donde trabajaba mi padre. Allí lo siguieron y lo sacaron dándole con palos. Yo gritaba que por favor lo dejaran y mi padre que salió de la droguería me llamó y me dijo: -No ves que él mató a Gaitán. Cómo lo sabes, le pregunté. La gente lo dice, él lo vio, ella también. Eran dos polizontes.

Roa Sierra estaba en el piso y movió sus dedos un poco como saludándome y, cuando me iba a lanzar encima de él, alguien lo agarró por las piernas y lo arrastró por toda la plaza Boliviar. Lo desnudaron y lo llevaron por todas las calles diciendo que él era el asesino. La manifestación duró días, se quemaron edificios, tranvías y se proclamó la revolución. A ese evento los colombianos lo conocen como El Bogotazo. Lo que sé es que aquel asesino, si es que realmente lo era, fue el primer hombre que me pagó y el mejor que me trató. No todos los días un hombre déja caer sus lágrimas sobre una vagina. Bueno tú me has tratado bien, no lo puedo negar, ni siquiera te la he chupado y me salvaste de un cuidador de animales.

—¿Y cómo llegaste acá? —le pregunté.

—¿Qué, ahora me vas a entrevistar?

Estuvo algo dubitativa y luego me contestó:

—Bueno, si es para tu novela sí. ¿Esos es lo que escribes verdad?

No contesté.

—Tienes cara de novelista —me dijo.

—¿Cómo se tiene cara de novelista? —le pregunté.

—Aunque parece que tienes cara de violador arrepentido, puedo decir que sí, tienes cara de novelista.

—Así que toma nota. Después del asesinato de Gaitán las cosas cambiaron en Bogotá y a todos les dio con hacer la revolución; a Pinilla con perseguirlos. Así que comencé a unirme a un grupo de guerrilleros y, por supuesto, me di cuenta que allí había necesidad de trabajos como el mío. Era lo único que sabía hacer además de darle consejos de amor a los guerrilleros para sus esposas y novias. Pero mi padre entró a la guerrilla y, como no quería verme por allí, logró que un amigo que venía para Berlín me consiguiera una beca. Estudié algunos años y luego mandé todo a la mierda.

Laika me dijo que tenía que marcharse, que tenía a una de sus amigas convaleciendo de una operación de tetas que se hizo y tenía que ponerle antibiótico, pues se le habían infectado los puntos. Luego me invitó a una fiesta en su casa.

—Vamos a celebrar la caída de ese malnacido

Muro y la entrada al mundo del estrellato porno de una de mis discípulas. Una turca bellísima. Se llama como otra de las perritas que fueron al espacio, pero ésta sí sobrevivió. Habrá música, pondremos salsa de Oscar de León y si quieres un poco de El Gran Combo, de Willie Colón, Lavoe o Maelo. Me encantan. Espero que sepas bailar. No tienes que traer nada y puedes venir acompañado de quien quieras.

—Tengo una amiga que conocí cuando llegué.

—Las berlinesas son buenas en la cama y les gusta gritar.

—Pero es muda —le dije.

—Lo siento —dijo.

—Nunca he estado con una muda, pero sí con una ciega. Quizás eso te puede ayudar. Pero te lo advierto, también cobro las consultas.

8 Al otro día me levanté pensando en lo que me había dicho Laika la noche anterior en el café Adler: «Tienes cara de novelista». Fui al baño, me miré al espejo y no encontré nada en mi rostro que me dijera algo. Mientras me miraba pensé que en algún lugar Oscar Wilde escribió que el rostro de un hombre es su autobiografía. En cambio, el rostro de la mujer, decía Wilde, es su propio trabajo de ficción. Ya estaba perdiendo otra vez. ¿Existía realmente un rostro o un gesto de novelista? Fue inútil.

Lo único que veía era el resplandor de la luz que entraba por el tragaluz y su reflejo en el espejo.

¿Cuando se sabe que lo que se quiere escribir es una novela? Pensé en Hemingway y en los consejos que daba en su novela autobiográfica *París era una fiesta*: «Lo único que tienes que hacer es escribir una frase real. Escribe una frase tan real como sepas». Pero faltaba algo. Cuando Hemingway escribió «Me di cuenta de que tenía que escribir una novela», lo hizo porque necesitaba pagar el alquiler y sus gastos en el París de los años veinte. Lo tenía todo: hambre, pobreza, un café donde sentarse a escribir y, sobre todo, mal tiempo. Volví a mirar el tragaluz y por la claridad asumí que haría buen día.

Me duché, me vestí y fui al café Adler con unos cuantos papeles decidido a escribir. Pedí un café y unas tostadas con mantequilla y jalea y me senté lo más cercano posible a las ventanas que miraban al desolado Checkpoint Charlie. El día estaba soleado, habían muchas hojas en el suelo y el viento las levantaba y chocaban en los cristales. Traté de concentrarme y comencé a mirar a todas las mesas a ver si encontraba algo bastante real para comenzar. Vi a una chica que esperaba a alguien. Era lo que necesitaba. En esos momentos sonó el teléfono que estaba en la barra y me asusté. Miré al mesero y él me devolvió la mirada, saludándome con la vista. Era el mismo que me atendió cuando llamó a Milena. Pensé que podía ser ella, la creía capaz de cualquier cosa, pero el mesero cambió la vista y colgó. Cuando miré a la mesa la chica se había ido. Todo estaba bien. Pero al rato regresó, algo que se supone que no sucediera. Parece que había ido al baño. Luego, entró un hombre alto, rubio y muy poco abrigado con un chico de unos ocho o nueve años que lloraba sin consuelo. Escuché que el niño quería que su padre le sacara un pedazo del Muro cerca de allí en donde estaba dibujado un Mickey Mouse. El padre intentó explicarle que no podía. La madre, que era la que había intentado poner en lo que escribía, lo abrazó para consolarlo. Y luego se fueron. Mientras salían escuché al padre decir que era imposible sacar sólo aquella parte. A eso era lo que tenía que apostar: a lo imposible. Eso hacía

más real lo que intentaba escribir.

Cuando leí lo que había escrito ni siquiera tenía un cuento y yo pretendía escribir una novela, aunque fuera una de crecimiento o, como le dicen los alemanes, un *Bildungsroman*, donde estuvieran narrados todos los fracasos de mi vida de juventud. Intenté seguirlos con la mirada hasta que tomaron una esquina. Me encontré entonces con mi rostro, se supone que de novelista. Camus había escrito que a cierta edad somos responsables de nuestra cara. Pero el rostro es memoria asustada, quizás lo único y, a la vez, todo lo que sabemos del olvido. Descubrí, al menos, que en aquel reflejo involuntario, había un oficio: el de la despedida. Fue entonces que recordé que la única vez que vi a mi padre, mi madre me advirtió que no me ilusionara. Así que el día antes practiqué una despedida que luego fue mi rostro.

Yo no lucía para nada como mi padre. Él tenía una mandíbula bien marcada, con un hoyuelo en el medio, las cejas eran espesas. El pelo lo tenía largo y amarrado en una cola de caballo, cuando no guardado dentro de una boina. Era polaco, estaba un poco tostado por el sol y era altísimo. Me dijo que había viajado el mundo llevando su música y robando algunos bancos para la revolución trotskista que planificaba.

Dimos un paseo cerca de la casa en el Condado, una región costera que no sólo crecía en hoteles, sino que había una extraña competencia por tapar la vista al Atlántico. Fuimos a un bar que estaba por allí, él se compró un Cuba libre y yo una soda. Mi padre me preguntó si ya era hombrecito y yo no supe qué contestarle. Allí me contó lo que era: todo se resumía a que salía un líquido blanquecino por el mismo lugar por donde se orina. Terminamos de beber y caminamos por la playa hasta un terraplén y me dijo que allí un poeta español, Pedro Salinas, que se había exiliado en Puerto Rico por la Guerra Civil, había compuesto uno de sus mejores poemarios: *El contemplado.* Llegó a recitar algunos versos. Me contó que él cuando tenía mi edad iba por su casa y los espiaba por la ventana.

—Un día en que los vi estar juntos, fui a la playa y me masturbé; así descubrí que ya era hombre. De hecho, mamá me dijo que te vio haciendo lo mismo y que lloraste cuando te descubrió. No tienes que llorar por eso, Miguel.

Y me secó la lágrima con sus dedos callosos y luego, como debían hacer todos los padres que acostumbran actuar su propia ausencia, me pasó la mano por la cabeza.

Me dijo que él tenía una técnica de masturbarse que era la mejor. Nos subimos los pantalones y caminamos por la orilla. Cuando una de las olas dejó su espuma, metió su dedo en la arena.

—Tienes que buscar el lugar en la arena que no esté seco, pero tampoco muy húmedo. Un lugar en el que sepas que en algún momento cercano, va a llegar una ola. Haces el roto como yo lo hice, después lo metes con cuidado que no te vayas a raspar con la arena y esperas a que llegue la ola. El agua se meterá en el rotito donde tienes tu pene y hará una presión que te hará sentir en las nubes. No te asustes si cuando lo saques tiene mucha arena. Tienes que lavarlo bien en el agua.

Yo estaba extasiado mirándolo. Era la primera vez que lo veía. Usó la otra mano donde sí tenía el dedo completo. Después que ensayamos con el dedo índice y jugamos un rato, volvimos a casa. Comenzó una larga discusión con mi madre y yo aproveché lo que quedaba de tarde para intentar lo que mi padre me había enseñado. Me llevé la revista más vieja de mujeres desnudas que guardaba; de esas que ya no hacen tanta falta, pues la memoria ya las ha guardado. Antes de abrirla ya uno se sabe de memoria el color del pezón, la posición y la doble sonrisa, la vertical y la de su cara levemente volteada hacia atrás para asegurar la presencia del que la mira. Hice exactamente lo que me dijo, metí mi dedo, me acosté y puse la revista encima de la arena en la página de una mujer muy parecida a mi madre. Era inevitable, era la única mujer real que había visto desnuda, las otras venían en papel con brillo.

Esperé a que viniera la ola, miré a todos lados, me bajé el pantalón acostado y lo metí en el rotito que había hecho en la arena tibia. Al fin, cuando llegó sentí la presión del agua. La revista se mojó y la perdí de mi vista por la fuerza de la ola. El agua entró, moví las caderas como si fuera un pez que quedó atrapado en la arena y después grité. Cuando la ola se fue quedó el ruido de la espuma crepitando encima de la arena y lo saqué con cuidado. Vi mucha arena alrededor pegada al tronco y, sobre todo, en la punta. Junto a los granos de arena estaba el líquido que mi padre me había descrito; lo necesario para ser hombre. Lo limpié con la mano, lo olí y luego lo probé. Escupí por la sensación extraña, salada como el mar, y por unos cuantos granitos de arena que se unieron a mi nueva hombría; que cabía en una mano. Fui corriendo, con mi sexo de adolescente al aire y lo lavé, pero me quedé con esa mezcla de semen y arena en las manos:

quería que mi padre lo viera. Me subí el pantalón con la mano izquierda. Y fui corriendo a casa para enseñarle a mi padre que ya era todo un hombre. Cuando llegué vi a mi madre llorando en la mesa y supe que mi padre se había ido. En la mesa habían dos libros que mi padre me había dejado: *Miguel Strogoff* de Julio Verne y *Cartas a un joven poeta* de Rilke. No pude practicar la despedida que le tenía preparada, aunque tuviera la mano llena de semen y granitos de arena. Esa sí hubiese sido una buena despedida. Mi madre me miró. Vi que su maquillaje se había regado y que las lágrimas tenían un tono gris mientras bajaban por sus mejillas. Bajó la cabeza, su pelo cayó sobre la mesa y sus brazos muy cerca de los libros y, sin mirarme, me

señaló el retrato de Lenin que estaba encima del piano. Le dije que estaba mojado y volvió a señalar el retrato sin mirarme, para que no preguntara por mi padre. Subí algo dubitativo al banco con los pies llenos de arena. Las gotas se escurrían por el pantalón y caían encima del teclado. En las teclas negras, en las blancas, en el banco y encima de un libro de sonatas de Beethoven abierta en la *Apassionatta*. Me encontré con mi rostro en el reflejo del cristal del retrato. Y para no ver el reflejo, pegué el semen con los granitos de arena que habían quedado en mi mano. Mi madre sollozó, miré para atrás, pero no me había visto. Limpié el resto con mi pantalón. Pasé el dedo por el cristal para que el semen quedara uniforme en todo el marco y le hice una capa blanquecina y diáfana en todo el cristal. Ahora Lenin parecía un fantasma. Como debía ser. Recordé que el principio de *El Manifiesto del Partido Comunista* comenzaba mencionando a un espectro sin rostro: «Un fantasma recorre Europa, es el fantasma del comunismo». Todo había sucedido muy rápido. Mi padre se había ido con la misma velocidad que los fantasmas recorren Europa. Lo odié no por haberse ido, sino por haber vuelto después que lo había dado por perdido. Hay vacíos que nunca deben llenarse. Pero somos demasiado buenos con los fantasmas.

Cuando desperté de aquel recuerdo vi que los cristales del Café Adler estaban empañados. Detrás se notaba que había un grupo de berlineses dándole golpes a la verja del Checkpoint Charlie. Uno de ellos trataba de llevarse el letrero de advertencia en inglés, en alemán, en francés y en ruso que advertía al caminante que abandonaba el sector americano. El mesero vino a recoger la taza y mi plato y me preguntó si me encontraba bien. Le dije que sí.

—Parece que hubieras visto un fantasma —me dijo.

Y no se equivocaba. Nunca tendría rostro de novelista; tal cosa no existía. Y tener algo de semen en las manos, aunque fuera en el recuerdo, no me hacía ni fantasma ni escritor. La esperma puede ser cera, como la de Ulises, o mármol. Pero el mármol también puede ser un cementerio. Eso sí, los fantasmas son las únicas esculturas que logra esculpir la escritura, al igual que sucede en *Hamlet* cuando entra el fantasma por segunda vez: «¡Pero silencio! ¡Mirad! Ahí aparece de nuevo. He de ir a su encuentro aunque me condene». Pagué la cuenta, tiré lo que había escrito y fui a visitar a Silencia.

9 Llegué a la Potsdamer Platz y me encontré con mesas al aire libre en las cuales checos, polacos, turcos y hasta berlineses vendían *souvenirs* del Muro. Entre éstos vi una bragas rojas con el símbolo de la bandera rusa en la parte de atrás. Pensé en Milena, dejé mis manos en los bolsillos sin tocar los marcos con los que iba a comprar. Caminé hasta el edificio donde estaba el taller de Silencia. Subí las escaleras y cuando alcancé el rellano final, muy cerca de la puerta me di cuenta de que Silencia se preparaba para salir. Estaba hermosa. Tenía una falda de fieltro blanca que le llegaba a las rodillas, una blusa marrón claro, un abrigo de cuero oscuro, una bufanda enredada en el cuello. De espaldas y doblada como estaba mientras cerraba la puerta, sus nalgas sabían recoger el peso del torso y se volvían puntiagudas hasta subir unos centímetros su falda. La sorprendí. Ella sonrió. Y cuando me dirigía a darle un beso en la boca, la sentí escurridiza. Sólo alcancé rozarle la comisura de los labios. Cerró la puerta, guardó las llaves en su cartera y de allí sacó una libreta y un bolígrafo. Me escribió que tenía que ir al

hospital. Le pregunté por qué, si sentía bien o si había pasado algo. Miró al suelo, con un gesto al que me estaba acostumbrando. Luego volvió a sacar su libreta y me escribió que me debía una explicación.

Silencia me había mentido respecto a su padre. Todavía estaba vivo. Desde 1977 estaba en coma en un clínica cerca de Grunewald. Semanas después que escaparon de Berlín Oriental en el invierno de 1976, su madre murió y su padre no pudo superar la pérdida. Después de dos intentos fallidos de suicidio, había hecho los arreglos para que Silencia heredara el piso que había comprado cerca de la Potsdamer Platz, en el que ahora era su taller y, a su vez, su casa. Tan pronto se establecieron en Berlín Occidental desapareció. Tiempo después, Silencia supo que había intentado suicidarse por tercera vez arrojándose desde un tercer piso de un consultorio psicológico, pero unos arbustos que no había calculado le habían alivianado la caída. Quedó en coma por el golpe final y todas las semanas a partir de 1977, Silencia lo visita en el hospital.

Me escribió que si quería que la acompañara y yo le dije que no. Que prefería que tuviera ese espacio sola. Pero insistió. Había pedido un taxi que la esperaba y, además, me dijo que tenía buenas noticias que darme. Tenía trabajo para mí. Yo sería el modelo de una escultura que ella quería hacer. Nos montamos en el taxi. Le hablé a Silencia de Laika y de la invitación a la fiesta por la noche, pero me hizo un gesto de que no sabía, luego otro que se supone que yo interpretara como que tenía mucho trabajo. Me dio una sonrisa, de esas en la que esconde una sorpresa y sacó de su cartera un recorte de periódico en el que había una convocatoria. El gobierno de Berlín Occidental había convocado un concurso para arquitectos y escultores para acelerar el proceso de unificación. La reconstrucción comenzaría por la Potsdamer Platz. La escultura ganadora la colocarían en la Potsdamer Platz, en el centro de tres edificios. La construcción comenzaría en uno o dos años, pero la convocatoria duraría poco tiempo. Abrió un papel que tenía doblado y me enseñó un boceto de lo que quería. Silencia quería hacer una escultura de Dédalo impulsando a su hijo Ícaro al vuelo: yo sería Ícaro, lo supe por una flecha que decía mi nombre señalando a Ícaro. Le iba a preguntar por qué Ícaro y no Dédalo, pero luego me convencí: yo era flaco y juvenil; Dédalo tenía cara de padre y era musculoso. Yo sería el que volaría con alas de cera y tendría que caer, al menos, según el mito.

Ícaro era hijo de una esclava de Minos y del gran escultor y arquitecto Dédalo. Como éste le había enseñado a Ariadna cómo salir del laberinto y ésta le había revelado el secreto a su gran enamorado, Teseo, Minos los encerró a ambos en el laberinto. Padre e hijo en un laberinto, ¿no es acaso una tautología? Dédalo, para salir del laberinto, construyó para él y su hijo alas de cera. Ambos salieron volando, pero Dédalo le advirtió a su hijo que no podía volar muy alto. Ícaro no hizo caso, subió y subió y los rayos del sol derritieron sus alas de cera cayendo al mar. La escultura que me proponía Silencia era en el momento en que Dédalo empuja a su hijo por la parte de atrás de su cintura, ante un acantilado del laberinto, presto a volar, como el oleo de Charles-Paul Landon. Le advertí a Silencia que si tenía que posar desnudo, se podría encontrar con un problema: podía tener una erección mientras ella dibujaba o esculpía. Ella sonrió y le dije que el mito sería otro ahora: Ícaro cae al mar por el peso de una erección.

La erección es un peso que no sabe si pertenece al corazón, al cerebro o al deseo. El problema de que fuese el corazón el culpable, es su similitud con el sexo: se hincha, se distiende, se contrae y, además, le da con ser el lugar donde se guardan todas las fugas.

10 El taxi se adentró por el suroeste de Berlín Occidental. Pasamos por las viejas casas de Charlotenberg hasta llegar a Grunewald, el barrio donde Rilke, Lou Salomé y su esposo Andreas vivieron juntos. El taxi paró frente a un edificio restaurado del siglo XIX, con muchas ventanas en cristal de estilo vienés y jardines bien cuidados en donde las hojas del otoño habían sido amontonadas. Hacía bastante frío a pesar de que casi era mediodía. Entramos, firmamos unas hojas de visita y tomamos un ascensor hasta llegar al cuarto piso. Algunas enfermeras, todas bastante mayores y de carnes duras, saludaban con la vista a Silencia y me miraban extrañadas. La clínica era bastante lujosa, pero cada vez que pasábamos la puerta de un cuarto se mezclaban los olores a sábanas limpias, orín, desinfectante, polvo y flores muertas. La habitación era cómoda y tenía una vista a un lago. En la ventana chocaban las ramas sin hojas de la punta de algunos árboles. El cielo seguía siendo gris. Había un asiento reclinable y una cómoda alta con seis gavetas. Encima había una foto de Silencia en los hombros de su padre con la famosa torre de comunicación en la Alexanderplatz, como si estuvieran en París con la torre de fondo. La cara de Silencia era como la de Ana Frank, triste y melancólicamente alegre. Pero me extrañó no ver fotos de su madre.

Frente a las ventanas, en una cama atestada de cables estaba Gustave Plötenbach, el padre de Silencia. Estaba escuálido. Nunca había visto el cuerpo de un comatoso. Tenía cicatrices en el rostro. Estaba encogido, bajo peso, los pómulos bien marcados y sin afeitar hacía más o menos una semana. Silencia inclinó la cama con un botón, le pasó la mano por la cabeza y le dio un beso en la frente. Ella tenía la misma nariz de su padre, algo respingada. Silencia me hizo un gesto como para que lo saludara. Yo le puse mi mano en la suya, un poco hinchada por tantas agujas. Tenía una sonda que le salía de la nariz. Silencia lo desarropó. Fue al baño, escuché el ruido del agua y vi que trajo un envase con agua caliente y un paño para bañarlo. Ella comenzó a desnudarlo. Gustave tenía la piel llena de llagas rojas y algunas moradas, imagino que por falta de circulación. Cuando terminó de quitarle la bata vi que del pene le salía otra sonda. Sentí ardor. El vello púbico tenía canas y era escaso. Las piernas estaban dobladas y algo moradas. Una de las enfermeras entró y le informó a Silencia que su padre había tenido una infección de orina bastante fuerte y algo peligrosa. No sabían si había cedido y no respondía bien a los antibióticos. Silencia le hizo un gesto de que había entendido. Y me miró algo triste. Siempre pensé que la mirada es una ausencia que nunca llega a cumplirse, hasta aquel día. Había algo en los ojos de Silencia que parecía ausente. Una ausencia ya cumplida, más bien visitada por muchos años.

Cuando la enfermera salió vi entrar a un señor canoso, quizás de unos cincuenta años, corpulento y bien vestido y una foto enmarcada. Silencia se sorprendió al verlo. Él intentó saludarla, pero ella hizo el gesto del olvido. Miró al suelo, pero luego se le aguaron los ojos de rabia.

—Conozco esa mirada —dijo, después de haberla llamado por su nombre, el que yo casi había olvidado. Luego me miró y se presentó.

—Aleksei Ivánovich, colega y amigo de Gustav.

Me presenté con miedo por la mirada de Silencia.

—Imagino que no quieres verme, pero no pude soportar que el Muro estuviese abajo y no intentara saber de ustedes.

Aleksei se excusó por lo que había sucedido y le extendió su mano para darle el retrato.

Silencia lo rechazó. Aleksei fue hasta la camilla, le pasó la mano por la cabeza, caminó hasta la cómoda, puso la foto. En la foto se veía a Aleksei y a Gustav muy jóvenes con uniformes de la policía secreta de la RDA, la Stasi (*Ministerium für Staatssicherheit*), ambos sonrientes. Como si acabaran de graduarse. Silencia se molestó, le devolvió el marco con la foto y le hizo una señal para que se marchara. Él dijo que podía entender por qué estaba así, pero que él no había sido el responsable de la muerte de Fenitschka. Imaginé que era la madre de Silencia. Aleksei insistió y Silencia volvió a hacer el gesto, ya con lágrimas en la cara. Él me dio la mano, se disculpó y salió.

Le pregunté a Silencia y no me contestó. Ni siquiera con un gesto o escribiendo en su libreta. Recogió sus cosas, bajó la cama donde estaba su padre, y empujó la camilla hacia la ventana. Fue a la puerta y le puso seguro. Luego me abrazó, algo temblorosa. Quedé mirando a la ventana. Silencia temblaba por el llanto. Era silente y tardé en darme cuanta de que lloraba. Vi mi reflejo en el cristal, su padre en la camilla con los ojos cerrados y, afuera, la punta sin hojas de los abedules y las hojas dando en el cristal haciendo un ruido seco y copioso. El ruido del otoño o de lo perdido.

Intenté calmarla, pero fue imposible y me abrazó más fuerte. Recordé aquel extraño abrazo que Nietzsche le dio a un caballo en Turín, bajo el manto de una terrible enfermedad. Desde la ventana de su buhardilla, Nietzsche vio un carro de transporte en el que un campesino maltrataba al único caballo que ya no quería empujar la carga. Nietzsche salió corriendo, cruzó la calle y se abalanzó hasta el cuello del caballo y le dio un abrazo. El conductor del carro no pudo sacarlo. Y Nietzsche lloró. Nadie pudo sacarlo hasta que llegó la policía. Nietzsche terminó en un hospital de Turín. Se dice que la enfermedad de Nietzsche le había afectado hasta la locura; otros que el filósofo leía *Crimen y castigo* de Dostoievsky, cuando el asesino Raskólnikov, después de pensar en lo que había hecho (matar a una vieja a hacházos sin ninguna razón) vio a un señor que maltrataba a un caballo y de donde estaba alzó sus brazos y quiso abrazar al caballo. Sin poder moverse.

11 Al anochecer convencí a Silencia de que me acompañara a la fiesta que Laika me había invitado. Vivía en el 366 detrás de la Blüchestrße en «la pequeña Estambul», el barrio turco de Kreuzberg. Éste es el único barrio de Berlín donde cualquiera que haya vivido allí toda su vida tiene que hacer una simple salvedad: «*Ich bin ein Berliner*» (Yo soy un berlinés). Kreuzberg, después de la Segunda Guerra Mundial quedó bajo la ocupación militar de los Estados Unidos. A partir de la década de los sesenta, cuando Berlín pasó una crisis de mano de obra, comenzaron a llegar inmigrantes, en su mayoría turcos. Casi en cada uno de los edificios, de estructura sólida en ladrillo, no más de tres pisos con techos a cuatro aguas, se exhiben no sólo las banderas de Turquía, sino paños y turbantes que desafían la prohibición berlinesa de no tender ropa en los balcones. Quizás esa fue una de las razones de por qué, cuando se construyó el Muro, Kreuzberg quedó fuera del telón de acero que construían los comunistas. Si los que construyeron el muro en un día hubiesen visto bragas con el símbolo de la bandera de la Unión Soviética, roja con dos herramientas entrecruzadas, una hoz para cortar trigo y un martillo, la historia fuera otra.

Cuando llegamos al edificio donde vivía Laika lo supimos porque, a pesar de la noche y el frío en el balcón se veían dos banderas iluminadas ondeando al viento: una colombiana y una turca. ¡Vaya combinación! Tan pronto nos bajamos del taxi vimos a Laika desde abajo fumándose un cigarrillo en el balcón, con la misma minifalda de cuero que tenía cuando la conocí y entre los barrotes de acero del balcón se veía un oleaje de celulitis en los muslos. Laika se movía al ritmo de la música y cantaba, bueno, gritaba la canción «Yo me voy pa'Cali», de Oscar de León.

—Quihubo, Miguel. Sube —me dijo.

Nos abrió la turca de la que me había hablado Laika. Era medio metro más alta que yo y Silencia apenas le llegaba a su pecho. Tenía una minifalda de cuero, tacos no muy altos, las piernas largas, pero un poco flacas, hombros anchos, cuello largo, ojos grandes y párpados pintados del mismo azul de sus ojos y de su blusa, la cual llevaba amarrada a su cintura, antes de su ombligo. Era de tez clara, algunas pecas que se perdían en sus senos duros, el pelo rubio, más bien electrificado y rizo. La turca estaba acompañada de una adolescente, debía tener unos trece o catorce años. Las pecas que tenía su madre en el centro del pecho ella las tenía en los pómulos. Estaba seguro que me miraba algo seria, pero dudaba. Tenía, además los ojos lacónicos, uno de ellos, el izquierdo, estaba levemente desorbitado. Era hermosa como su madre, flaca y vestía un trajecito negro que le llegaba a las rodillas, sin mangas y una gargantilla negra; vestía como esperando a alguien que nunca llegaría.

—Usted debe ser Miguel —me dijo la turca en español, con el acento de quien ha intentado aprender español en latinoamérica. Laika me habló mucho de usted. Que es un escritor famoso. Yo soy Damka y ella es mi hija Nakab.

Nos miró de una forma extraña, buscando imperfecciones. Tan pronto dijeron su nombre se marchó.

—Adelante. Le avisaré a Laika.

El apartamento era espacioso, y acogedor para ser el apartamento de dos prostitutas y una adolescente. Aunque un tanto sobrio; dos muebles frente a un televisor, una mesa en el centro de madera, un estante de libros no muy alto, tampoco muy profundo y una mesa de comedor para cuatro. Las paredes guardaban el color oxidado de los ladrillos y sólo una de ellas había sido pintada de crema. Allí habían algunos afiches de las perras que fueron al espacio, entre ellas una perrita que se llamaba Damka, como la turca, que había sobrevivido el viaje y, al otro lado, la famosa Laika sentada en una silla espacial con decenas de cables con cara de morder toda aquella indumentaria y escribir algunos versos que no llegaran jamás a la poesía, como debían de ser todos. En el centro, había otro afiche que parecía nuevo: la promoción de la película porno en la que la turca Damka hacía su debut; la razón de por qué estábamos en aquella fiesta. El título era pertinente a la caída del Muro: *Gute Nacht Lenin* (Buenas noches, Lenin) Aparecía un busto verdoso de Lenin encima de una cómoda con espejo mirando hacia la cama donde estaba Damka de medio cuerpo y desnuda con las manos insinuando que se masturbaba y un gesto de orgasmo o de muerte en el rostro. Al verlo, Silencia rió, sacó su libreta y me escribió que si la hubiesen contratado a ella podía hacer que Lenin tuviera otra expresión. Desde atrás alguien nos habló.

Laika me recibió con un abrazo y un beso, como si me conociera desde siempre.

—Ella es Silencia —le dije.

—Encantada —le dijo en alemán. Y con la sonrisa todavía en los labios me haló hacia ella y me dijo—: Miguel, usted si que es un huevón. ¿Ella sabe lo que significa ese puto nombre que le pusiste?

—Creo que sí.

Al mirarla, Silencia me respondió con una sonrisa muda.

—Allí, al lado de la cocina están las bebidas; hay de todo. Están en su casa. Aprovechen antes de que llegue todo el grupo de filmación que trabajó con Damka. Pero antes pasen por acá, les presentaré a mis invitados.

Entre tanta gente desconocida Laika me presentó a un psicólogo polaco que había estudiado en Frankfurt, pero desde los dieciocho vino a Berlín. Se llamaba Fryderyk. Era corpulento, un poco más alto que yo, bien parecido, aunque en su rostro no podía negar que era un campesino de algún lugar de Polonia. Hace dos años había visto el documental *Shoa* de Claude Lanzmann y no podía evitar pensar que todos los polacos que vivían alrededor de algunos campos de concentración como Treblinka supieran lo que estaba pasando y se quedaran allí sin hacer nada. Aunque no creo que pudieran hacer otra cosa que éso. Para mi sorpresa él había nacido en Treblinka ya cuando el régimen comunista había conquistado Polonia. Pero él tenía algo distinto, era refinado, tenía un cuerpo musculoso y era quizás un poco amanerado en sus ademanes.

—Fryderyk, éste es el escritor del que te hablé. Está escribiendo una novela en donde yo aparezco. Ella es su novia. Es muda —dijo en voz baja y no se le puede hablar en voz alta.

—Qué bien y cómo se titula.

—No escribo una novela —le dije. Vine a Berlín a investigar en un archivo de cartas entre Rilke y Salomé—.Pero no he podido investigar muy bien que digamos por lo del Muro.

—Ah, qué bien. Me imagino que sabe del intercambio de cartas entre Sigmund Freud y Lou-Andreas Salomé. Llegaron a ser buenos amantes, de esos que saben hasta donde llegaba una consultoría y el buen sexo...

Conversamos un poco y me dijo que me podía presentar a algunos profesores de literatura y algunos escritores que van a su consultorio, cerca de la Humbolt Universität. Sacó una tarjeta con su dirección. Le dije que no se preocupara, que con todo respeto no creía en los psicólogos y si quería hablar le dije que podíamos tomarnos un café. Silencia tomó la tarjeta y me soltó la mano. En sus miradas vi cierta química, pero no tenía por qué asustarme, parecía homosexual.

—Yo tampoco creo en ellos —dijo el polaco—, pero es un mal necesario y paga bastante bien, mejor que un catedrático en la Universidad Libre de Berlín. Y, ahora que cayó el Muro, la psicología puede sustituir la revolución. ¿No crees?

Mientras lo escuchaba pensé que así podía terminar yo: hablando de literatura solo, mientras una muda me escucha con ojos brillantes. Me asusté un poco y miré para atrás para ver si Laika me rescataba. Y así lo hizo. Me sacó a bailar. Ella había puesto *Llorarás* de Oscar de León. Bailaba bien, aunque un poco lento. No sé si era por sus tetas. Cada vez que le daba una vuelta, sus tetas temblaban y su pezones amenazaban con salirse. Mientras bailábamos vi que llegaba más gente. Me dijo que me vio con cara de celos, pero que no me preocupara por Fryderyk: trata muy bien a los clientes y es homosexual. Tiene muy buenas conecciones con el mundo literario. A los dieciocho años, cuando estuvo de casualidad en Berlín en el sesenta y tres conoció al escritor polaco Witold Gombrowicz y, me dijo Laika, que habían sido amantes. Nunca había bailado salsa con una prostituta, sobremaquillada y que no estuviera gimiendo, pero creo, por su aliento, que había bebido bastante. Laika me dijo que quería bailar otra vez esa canción para sudar lo que había bebido, pues al parecer le esperaba una noche bastante larga, y cuando me iba a sacar de nuevo escuchamos una discusión en la puerta.

Alguien gritaba el nombre de Damka y de Nakab como si fuera Aquiles llamando a Héctor ante las murallas de Troya. Damka le dijo a su hija que se fuera al cuarto, como si esto siempre sucediera. Nakab al principio no quiso, se negó y frunció el ceño, pero tuvo que ceder ante los respingos de la madre que la amenazaba.

—Otra vez el chileno este de mierda. Los odio —dijo Laika—. Todo esto es culpa de Pinochet, de Kissinger y el maldito golpe de estado. Odio a los chilenos, son unos huevones malnacidos.

No lo podía creer que al que veía era a Ernesto. Él no me había visto. Y yo, excepto por lo de Malva, nunca lo había visto tan alterado. Gritaba como un loco, sin mirar a los invitados.

—Puta de mierda, devuélveme a Nakab. Ahora. Voy a llamar a la policía. Cuándo se ha visto que una puta pueda criar a una hija —decía Ernesto. Siguió gritando y vociferando, y como vio que Damka ni se inmutaba en escucharlo, se arrodilló ante la minifalda de Damka y comenzó a sollozar. Era realmente patético.

—Devuélvemela. Por Dios. También es mi hija.

—Ella no es tu hija —dijo Damka.

—Devuélvemela. Nakab, Nakaaab —gritaba Ernesto sollozando y con el ruido de quien tiene la nariz húmeda. Todos estábamos pasmados. Yo lo miraba sin saber qué decir. Entre los alaridos de Ernesto se escuchaba la música de Oscar de León casualmente en la canción de «Llorarás», una de las mejores para bailar. Hasta que no pude más. Me dio vergüenza ajena ver a Ernesto llorando entre las piernas de Damka y ella repitiendo una y otra vez que Nakab no era ni sería su hija jamás.

—Mira nada más cómo estás —le decía Laika.

Laika se acercó y tomó las flores que traía Ernesto. Lo abrazó con hipocresía, se separó de él y le dijo que era mejor que se fuera. Ernesto sollozó con sentimiento se abalanzó sobre Laika y por encima de sus hombros, me vio.

—¿Miguel? Qué rayos haces aquí.

—No me digan que ustedes se conocen —dijo Laika.

—Ahora sí, esto es una cagada. Usted se hace responsable de él. A este huevón yo no lo invité.

Me llevé a Ernesto hacia el balcón para allí calmarlo un poco y alejarlo de la algarabía de la fiesta, a la que seguía llegando gente, sobre todo turcos berlineses que parecían que conocían muy bien a las anfitrionas. Le dije a Silencia que me diera unos minutos y cerré la puerta de cristal que dividía el balcón de la sala. Dejé a Silencia con el polaco. Le traje whisky a Ernesto y nos sentamos de espaldas a la fiesta, mirando al pequeño bosque de árboles sin hojas que estaba después de la Blüchestrße. El viento, bajo un intento de lluvia insistía en regar hojas muertas en el balcón y ondear las banderas amarradas a los barrotes. Ernesto se secó las lágrimas con un pañuelo, encendió un cigarrillo y comenzó a explicarme todo aquel teatro que yo no lograba entender.

12 —Yo no sé si esto tenga algún comienzo. Pero desde que llegué a Berlín a estudiar, poco tiempo después de que se acabara la huelga y que tú te fueras a Austin, todo me ha salido mal. Entré a la Humbolt a estudiar filosofía, con la condición de que aprobara un examen de alemán, escrito y oral. Las clases que había tomado en Chile, en Cuba y en Puerto Rico no me sirvieron para entrar directo al doctorado, como quería. Al principio fue duro y después fue peor. No salía de las bibliotecas y vivía en casa de unos chilenos a los que le daba clases de español y de alemán, en el barrio de Neokölln, no muy lejos de aquí y muy cerca del aeropuerto de Tempelholf. Eran muy amables, me daban alojamiento y comida. Decían haber conocido a mi padre en Chile y, aunque yo no quería saber nada de él, de algo me había servido. Tiempo después, luego de haber aprobado los exámenes, comencé a tener problemas económicos. Aquí en Berlín todo el mundo los tiene en algún momento. Menos tú que tienes una buena beca. Pero te debo una. Sé que te mentí, no estoy casado, ni tengo compromisos fuera del país. Ahora vivo con un peruano que dice que es un refugiado politico, pero

creo que es un exiliado sexual que quiere ser escritor. Me juego las noches con declinaciones imposibles para entender a Heidegger y presentar mi propuesta de tesis. No tengo dinero para el alquiler y busco trabajitos así. ¿No reconoces esta camisa? Es tuya, estaba en una de tus maletas. La dejaste en el coche el día que llegaste. El coche no era mío, sino prestado. Sé que algún día me perdonarás por haberte dejado allí, aunque creo que conseguiste buena compañía. ¿No?

»Bueno, te decía que apenas tengo dinero para pagar la calefacción y, después de varios años, todavía, cuando llegaba el invierno, enero y sobre todo febrero, me la pasaba en los restaurantes y bares extendiendo el sorbo hasta que cerraran. Así entré a un club de ajedrez con tal de calentarme. Pero comencé a ganar partidos con el más mínimo esfuerzo como lo hacía allá en tu país, hasta que me quedé sin contrincante. Hacía la clásica jugada Miguel: la Inmortal. Gané buena plata hasta que nadie quiso jugar conmigo.

»Un día entró alguien al bar y me dijo que había encontrado una contrincante que me ganaría. Estaba desesperado. Hicimos un trato, si la contrincante me ganaba en el primer juego tendría que abandonar los torneos en aquel bar. Se presentó: era Damka. Recuerdo que se sentó, tenía un escote soberbio. Me bloqueó todas mis jugadas y, en menos de media hora, me dio jaque mate. Me arrinconó. Nunca había visto aquella jugada. Luego me dijo que le parecía buena persona y que me podía dar trabajo cuidando a su niña, mientras ella trabajaba. Nunca había cuidado niños, pero no tenía más alternativa. Así que vine hasta aquí y me abrió una niña preciosa, sonriente, la mirada un tanto lacónica y el ojo izquierdo levemente virado. Tuvimos química desde el principio. Era hermosa. Tenía un trajecito negro que le llegaba a las rodillas, el pelo por los hombros y una gargantilla de pana, negra, en el cuello que la hacía ver un tanto mayor. Por aquel tiempo debía tener unos once o doce años. Me preguntó cuánto pesaba y que hiciera la declinación de un verbo irregular en alemán. En este idioma maldito todo parece ser irregular. La niña era exigente. Aprobó mi entrada, dijo su nombre y, con una sonrisa lacónica, me agarró la mano hasta la cocina donde estaba la madre, que se preparaba para irse. Nunca supe bien a qué se dedicaba y asumí que debía de ser secretaria. Miento.

»No hubo contrato ni nada. Mi trabajo consistía en supervisar a Nakab en sus asignaciones por tres horas. Luego jugábamos ajedrez hasta tarde en la noche, cuando llegaba Damka. No tenía por qué quedarme hasta que su madre llegara, pero la insistencia de Nakab, su ternura, su inteligencia y su audacia en el ajedrez me conquistaron. Con el tiempo la madre comenzó a abusar de mi confianza y comencé a dormir en el sofá hasta que llegara. Un día la seguí y confirmé lo que imaginaba, la turca era prostituta.

Era hermosa y tenía mucho trabajo, pero pagaba bien y en ocasiones me daba buen sexo, un poco salvaje y otras con ternura. Pero un día en que estaba a punto de salir a estudiar para un examen, Nakab insistió que me quedara. Echamos un partido más de ajedrez, de hecho, salió a la madre en eso, me duché y escuché que alguien abrió la puerta del baño. Era Nakab, estaba desnuda, sólo se había dejado una de las gargantillas que le había comprado en un puesto turco. Yo estaba mojado y le dije que por favor se fuera. Pero ella insistió y abrió la cortina del baño. No sabía qué hacer y tuve una erección. Me tapé con la cortina, pero ella al darse cuenta comenzó a tocarse. Su pecho era plano, pero tenía los pezones erectos. Sus dedos comenzaron a rodear sus pezones, luego se metió los dedos a la boca. Busqué la llave de la bañera para ponerla fría para ver si mi erección bajaba, pero no. ¿Me había convertido en un pedófilo? No me quité la cortina, pero tampoco dejé de mirarla. Comenzó a hacer las poses, los gemidos que hacía su madre cuando estábamos juntos. Se acercó más a la tina y me agarró la mano, como el primer día en que abrí aquella puerta. Se metió sus dedos a la boca y luego los pasó por sus pezones. Apenas tenía vellos en su sexo. Pero seguía siendo una niña. Entonces reaccioné y le grité. Le dije que se fuera. Ella salió del baño sollozando y yo la seguí con una toalla puesta en la cintura. Cuando salí la vi en el mueble llorando y ni siquiera me dio tiempo de mirar cuando escuché que

Damka abría la puerta. Fue terrible. Me golpeó con todo lo que encontró. Yo traté de explicarle, pero no me escuchó. Me dijo que me deportarían.

»No quiero que pienses mal, Miguel. No soy un pedófilo, pero yo amo a esa niña. Sólo intento cuidarla de su madre, que es una puta. Mírala. Puede ser muy hermosa, pero este no es el ambiente para criar a una hija. Ahora es toda una estrella porno.

13 Al rato, quitaron la música y Laika, con un pezón casi afuera y algo tomada, abrió la puerta de cristal para avisarnos que pronto comenzaba la función. Iban a poner la película que hizo la turca. Ernesto, antes de que yo cometiera un grave error como invitarlo a ver la película porno que había hecho su antigua novia, me dijo que se quedaría en el balcón. Pusieron el televisor con el volumen bien fuerte. Habían llegado más invitados y no había dónde sentarse. Laika me llamó para que conociera al director de la película que le había ofrecido a Laika un trabajito y me presentó a su esposa, Fava, una brasileña que también aparecía en la película de la turca.

Estaba un poco preocupado por Silencia, pero cuando la encontré, entre los rostros azules por el reflejo del televisor, estaba riéndose a carcajadas, silentes por supuesto, por algo que le había dicho el polaco. Sólo la había visto reír así cuando jugábamos o cuando yo decía algún disparate en alemán. Sentí un poco de celos, pero me alivió ver al polaco hablando con gesticulaciones amaneradas. Nunca había visto un hombre con tan buen cuerpo, uno de gimnasio y tan amanerado. Podía ser el modelo que Silencia buscaba para Dédalo. Tenía el porte, la edad, los músculos.

Serví dos whiskys, le llevé uno a Ernesto que se asomaba con curiosidad por el cristal, buscando quizás a Nakab. Apagaron las luces y pusieron la película entre ruidos y ovaciones de gente que en su mayoría no conocía. La película, después de la consabida presentación de nombres que a nadie le importa cuando ven una película porno, abrió con una toma de Damka caminando cerca del Muro. La cámara se acercaba a sus tacos, a la hendidura de sus senos duros, a sus pezones erectos por el frío a su pelo moviéndose con el viento y el caminar. Luego entró a una plaza abandonada donde encontró una estatua de Lenin destrozada. Lo único que quedaba era la cabeza y un brazo con el dedo índice indicando algún lugar. Luego enfocaron su cara cuando hizo un gesto de que le había llegado una idea. Damka recogió con un poco de dificultad las dos piezas de Lenin, cruzó el Muro por donde había llegado, subió unas escaleras y luego hubo un corte hasta el cuarto. Puso la cabeza de Lenin encima de la cómoda y el brazo en la cama. Frente a la cómoda había un espejo. Damka comenzó a desvestirse con mucha sensualidad. Mirando a Lenin. La cámara enfocó su minifalda mientras ella subía y bajaba sus nalgas, las paraba y las movía como lo hacen las tenistas experimentadas en espera de un servicio, pasaba su mano alrededor, dándose palmaditas. Luego se dio una nalgada y luego otra y una más, hasta dejar un continente rosado. Puso sus manos en la cómoda, se subió la minifalda y la cámara enfocó sus bragas. Eran rojas y con el símbolo de la bandera de la Unión Soviética. Después de mover sus nalgas blanquísimas y la cámara enfocar varias veces la cara de Lenin con la boca abierta, Damka se quitó las bragas y se las puso a Lenin en la cabeza. Era lo único que tenía su cabeza, su brazo estaba en la cama. Luego Damka se quitó el sostén, acarició sus pezones, los pellizcó, sacó su lengua, se escupió, le dio vueltas a su saliva en la aureola de sus pezones como Dios lo hace con los anillos de Saturno. Volvió a virarse, le pasó la lengua a los labios abiertos de Lenin y apretó uno de sus senos y los acercó a la boca de Lenin. La película había sido filmada sólo con dos cámaras, así que sólo habían dos ángulos. Una cámara había optado por utilizar el espejo para acercar el lente al pezón de Damka entrando y dando la vuelta por los labios de bronce de Lenin. Una vez desnuda, Damka se subió a la cama y ensalivó el dedo de Lenin. Se los pasó por los pezones una ves más. Escupió y se los llevó a su sexo. Tuve una erección.

Escuchaba risas. Miré a Silencia sorprendida. Entre los gemidos de Damka en la película alguien sollozaba. Era Ernesto. No pudo aguantar la tentación de ser espectador de aquella farsa. Laika me llamó y lo saqué de allí otra vez al balcón, con la dificultad de la erección que tenía por su antigua chica y sus gemidos. Yo no tenía la culpa de que ella gritara así mientras el dedo de la escultura de Lenin le daba orgasmos, quizás un poco exagerados. Yo no sabía qué hacer así que de nuevo terminé por el recuerdo y la falta.

Vino un pequeño silencio. Buscamos más recuerdos, pero fue inútil. Por la puerta de cristal se escuchaban los gemidos de la turca y la sueca en la película.

—Malva gemía así —me dijo Ernesto.

—El que gemía así era yo. Bueno, exagero. Nunca te lo dije, pero la primera vez que estuve con una mujer fue con Malva.

—Eso lo explica todo —dijo Ernesto.

—Explica qué, ¿el grito? —le dije.

—No Miguel, lo que nos pasó con Malva.

—¿Tú también eras virgen cuando eso?

—No, pero esa mujer tenía algo que a mí también me hacía gemir.

A lo lejos se escuchaban los gemidos cada vez más fuertes de Damka. Me asomé y la vi fingiendo un orgasmo.

—Parecemos dos maricones hablando de gemidos. ¿No crees? —le dije.

—No, a quien nos parecemos es a dos personajes de las novelas de Flaubert.

—¿A cuáles? —le pregunté, aunque creo que sabía.

—A Frédéric Monreau y a Charles Daslauriers en *La educación sentimental*. De hecho era la novela favorita de Malva ¿Recuerdas las últimas líneas de la novela? Ambos, alrededor de una fogata y después de todos los fracasos en el París de 1848, los desamores y, sobre todo, la despedida para siempre del amor de Frédéric, Madame Arnoux, se cuentan aquella travesura de cuando eran adolescentes en que planifican ir a la casa de la turca, que se había convertido en un famoso prostíbulo. Ambos van al jardín de la señora Monreau y luego de dar un rodeo por la Pêcherie se metieron a casa de la turca con dos grandes ramos cada uno. De una sola ojeada vieron a tantas mujeres desnudas y hermosas que todas se echaron a reír por la sorpresa y Frédéric, que era el que traía el dinero, se sonrojó y se fue corriendo. Deslauriers tuvo que seguirle pues no tenía con qué pagar. Cada uno completó los recuerdos del otro y, después de un silencio, Frédéric le dice a su amigo: «Eso es lo mejor que nos ha sucedido en nuestra vida». Y Deslauriers asiente.

Ambos miramos el jarrón con flores que había traído para Nakab y que yo había logrado salvar. Más

allá del balcón, los árboles casi sin hojas y las banderas de
Colombia y Turquía ondeando al ritmo del viento.

14

Ahora se escuchaban dos gemidos.
Ernesto y yo seguimos afuera. Hacía frío y
las hojas muertas de los árboles chocaban con el cristal
y había que cuidar los tragos del otoño. Seguimos
recordando viejos tiempos, pero adentro se escuchaban
gemidos. Pero no eran sólo los de Damka, a los que nos
habíamos acostumbrado. Había otra voz. Yo decidí entrar
con la excusa de que en nuestros tragos no había más que
hielo y algunas hojas que el viento había traído. No había
caído ninguna. Pero era una buena excusa, incluso para
el otoño mismo.

A la fiesta habían llegado más personas. Todos
estaban algo absortos por lo que veían, pues había entrado
otra mujer a escena. Laika me vio.

—Te lo estás perdiendo por culpa del chileno
ese —me dijo. Mira qué belleza, ese color, esos pezones
enormes. También fue estudiante mía. Está allí.

Laika me la señaló y ella sonrió con un reflejo
distinto al de los demás, aunque azul por los destellos del
televisor.

—Se llama Fava, es brasileña.

En la película Fava tenía tacos altísimos y ropa
interior blanca que resaltaba su piel oscura. Era casi del

alto de Damka y tan pronto entró en escena, como pasa en este tipo de películas, parecía que se conocían desde siempre. Damka sonrió al verla. Se besaron de forma apresurada para que Damka no perdiera el falso orgasmo que le daban los dedos de la escultura de Lenin. Fava se quitó el sostén, se juntó los pezones para que Damka los chupara. La cámara hizo un acercamiento a las enormes nalgas de Fava frente a la cama, y luego paró frente al pedazo de las bragas blancas y de encaje que guardaban su sexo: una sonrisa vertical rebosante y húmeda. Yo estaba pegado al cristal y para disimular mi erección, halé la silla para ver un poco mejor entre las cabezas absortas que miraban aquella película. La cámara volvió a retirarse y se acercó de nuevo a tomar los detalles de cómo entraban y salían, con la ayuda de Fava, los dedos de Lenin del sexo de Damka. Desde allí Damka estiró su mano y comenzó a acariciar el sexo de Fava que estaba parada frente a la cama. Luego hubo un corte y se vio a Damka tomando los dedos de la escultura de Lenin para hacerle lo mismo a Fava. Pero la brasileña se puso de rodillas, alzó sus nalgas, Damka frotó el sexo de Fava y, entonces, lo esperado: Fava comenzó a gemir tan sólo comenzaron a entrar los dedos de Lenin. Parecía que tenía un ataque al corazón. Yo intenté continuar la conversación con Ernesto, pero era imposible, me daba con mirar a cada rato para ver qué nueva posición o qué ángulo no había imaginado. Salí.

Serví los tragos lo más lento que pude. Fui donde

Silencia y le pregunté si la estaba pasando bien. El polaco y ella asintieron. Me disculpé por lo de Ernesto y por no estar allí con ellos y me retiré. Pasé con dificultad entre la gente y cuando iba con las manos ocupadas hacia el balcón fue entonces que vino la escena más bizarra o más artística; no sabría cómo clasificarla. Ambas pusieron en la cama el busto de Lenin. Se acostaron, abrieron sus piernas como en posición de tijerilla frente al busto: una por el frente y otra por detrás y acercaron sus sexos al busto. Damka puso su sexo, bastante hinchado y húmedo frente a la boca abierta de Lenin y Fava se acomodó de tal forma que su sexo rozaba con la parte de atrás de la cabeza de Lenin. Ambas comenzaron a moverse y gemir como dos dementes. Quedé absorto, en otra de mis erecciones.

Miré a Ernesto y vi que estaba asomado al cristal como un adolescente. En ese momento la cámara se acercaba a Damka mientras se tocaba los pezones, con una expresión de dolor y placer, y el busto de Lenin entre sus piernas. A veces la cámara se acercaba demasiado al busto y lo que se veía era un amasijo de carne rozando la escultura con retazos blancos, imagino que de saliva y secreciones del orgasmo fingido. No sé cuantos han tenido ya. Volví mi vista de nuevo al cristal y vi que Ernesto miraba hacia el corredor del apartamento. Yo miré y vi que Nakab estaba allí parada en la oscuridad y con los reflejos azules de la película. Al verlos a todos con los reflejos azules en el rostro recordé una canción de Sinatra, *Old devil moon*. La mirada de una adolescente de trece años mirando con deseo a su enamorado. Su ojo izquierdo un poco virado con ese reflejo siniestro, como una luna endemoniada. Ambos se encontraron con la mirada y sonrieron. Yo dejé los tragos en la mesita del medio, pero no fui lo suficientemente rápido.

Ernesto abrió la puerta de cristal a pesar de mi oposición. Nakab corrió entre la gente y se abalanzó sobre los brazos de Ernesto. Laika comenzó a vociferar. Damka intentó sacarla de los brazos de Ernesto. Prendieron la luz, pero la película seguía allí: Damka en el televisor gritando y Fava corriéndose, pues habían volteado el busto y la boca de Lenin quedaba ahora en el sexo de la brasileña. Ernesto frente al televisor abrazaba con más fuerza a Nakab, las botitas de la niña le llegaban a las rodillas de Ernesto. Damka la regañaba, le tomaba los brazos. Una mezcla de español, alemán y un poco de portugués de Río y la lengua universal de los gemidos se escuchaban a la vez. Yo no sabía qué hacer y Silencia y el polaco que estaban en una esquina, tampoco. Laika vociferaba y el director de la película amenazó a Ernesto. Forcejearon. Yo intervine. Laika me advirtió que no me metiera.

Ernesto soltó a Nakab para pelear. Tenía la misma mirada y el entrecejo fruncido como aquella vez que peleamos por culpa de Malva. El director estaba dispuesto a golpearlo. Yo intenté disuadir a Ernesto, pero me empujó. Y cuando iba al ataque tropezó con el televisor. Vi el televisor tambalearse en el momento en que Damka se venía, una vez más. Ernesto logró estabilizar el televisor. Y cuando iba al ataque volvió a tropezar con la mesita y el televisor cayó en su pie izquierdo. Después del ruido hubo un silencio terrible. El televisor se destrozó. También el pie de Ernesto. Ahora los alaridos eran de dolor. Aunque creo que siempre lo fueron. Ernesto gritaba. Nakab se abalanzó sobre Ernesto y comenzó a sacar los pedazos rotos del televisor. De pronto todos queríamos ayudar. Yo quité los restos del televisor y lo desconecté, pues tiraba chispas. Laika buscó hielo y una toalla. El polaco se ofreció a llevarlo al hospital. El director de cine se ofreció a bajarlo por las escaleras, pero Ernesto no quiso. Era de esperarse.

—Ni te atrevas a acercarte, hijo de puta.

—Qué dijo —preguntaba el director en alemán. Entonces Ernesto tradujo. Pero el director insistió y lo agarró por debajo de los hombros. Yo le aguanté la otra pierna y el polaco por la cintura. Comenzamos a bajar las escaleras. Hasta que llegamos al carro del polaco. Ernesto le dijo al director que hasta aquí. No quería qué él se montara en el coche. El director se alejó finalmente. Montamos a Ernesto en el asiento trasero con una bolsa de hielo y una toalla ensangrentada. Nakab quiso montarse, pero Damka se opuso. Silencia se montó al frente con el polaco y fuimos lo más rápido que pudimos al hospital más cercano.

Llegamos al hospital de la Humbolt Universität. La sala de espera era enorme, lujosa y no hubo ni que esperar ni cinco minutos para que atendieran a Ernesto. Nos sentamos un rato hasta que salió una enfermera y nos dijo que había que operar a Ernesto. El impacto del televisor le había roto dos tendones del empeine y, además, tenía una fractura en el dedo pulgar del pie. Además tenía vidrios que le habían lacerado algunos nervios. Yo les dije que esperaría a que le dieran de alta. Fryderyk se ofreció a llevar a Silencia. Ella asintió sin problemas, pues sabía que tenía mucho que trabajar.

A las dos horas de estar allí apareció Damka sin su hija, pero con el ramo de flores que Ernesto le había traído a Nakab. Todavía estaban húmedas, parece que las sacó del jarrón en donde yo las había puesto. Le pregunté por su hija y me dijo que se había quedado con Laika. La fiesta se había terminado. Me sentía un poco incómodo hablando con una prostituta en un lugar como aquél. Pero al rato, un señor mayor que pasaba en silla de ruedas y con oxígeno señaló a Damka y le pidió un autógrafo. Damka se sobresaltó. Se había convertido en una estrella porno. Laika me había dicho que en Berlín hubo varios cines porno que vendieron muchas taquillas de *Gute Natch Lenin*. El señor le dijo en alemán que le había gustado aquella escena en que le ponía las bragas al busto de Lenin. El enfermero que guiaba la silla de ruedas rió con una sonrisa hipócrita y le advirtió que no se podía exaltar mucho, su corazón no estaba bien y se marcharon cuando el señor comenzó a toser.

En un televisor, del cual me había sentado lo más lejos posible, daban un programa que se titulaba *Alemania, Alemania* que entrevistaba a varios políticos hablando sobre la reunificación. En el medio de nosotros estaban las flores y por supuesto un incómodo silencio. Pero yo rompí el frío, no podía sentirme como un desconocido, pues ya la había visto tener un orgasmo y los labios de la vagina lo bastante cerca para tratarla con un poquito de confianza. Conversamos mínimamente hasta que me dijo que Ernesto le había hablado de mí, de cómo se conocieron, de la amante que tuvieron en común. Yo le pregunté cómo había llegado a ser tan famosa en el mundo del porno. Pero ella replicó y me dijo:

—¿Qué, me vas a entrevistar? Por eso cobro.

Hice silencio, miré el televisor que volvía poner una imagen de la caída del Muro, la miré y sonreí.

—Bueno, si es para tu novela está bien.

15 —Me convertí en prostituta gracias al ajedrez. Nunca fue mi pasión, así que por eso lo puedo decir. Aprendí casi por obligación cuando mi padre, un

gran predicador y dirigente de la iglesia ortodoxa cristiana en Estambul hizo un comentario sobre el genocidio armenio en una de las reuniones con otros colegas. En las cartas que enviaba desde el centro de detención al que lo llevaron decía que lo único que había en la biblioteca de la cárcel eran libros de ajedrez, así que enviaba cartas con jugadas. Alfil a caballo, enroque, rey de *g8* a *h7*, peón *h2* a *h4*, caballo de *c3* a *d5*, acompañados de datos de jugadores como la de Adolf Anderssen y Lionel Kieseritzky que inventó «La Inmortal» en un café de Londres en 1851 o la de Allekhin frente a Bogollubov en el gran torneo de Pistiana en 1922, en la que Allekhin gana con la famosa «apertura siciliana.» Cuando arrestaron a mi padre yo tenía dieciséis y mi madre quería que yo me fuera a estudiar al extranjero. Yo me la pasaba leyendo literatura, sobre todo rusa y alemana y ya había decidido que quería estudiar letras en Berlín. Durante los años en que mi padre estuvo preso, las cartas de odio y los comentarios hacia nuestra familia no paraban. Nosotros nunca entendimos bien su captura, pero no cabía duda que los rusos habían participado en el genocidio.

»Antes de su arresto todo era normal: tenía dos hermanos mayores que me protegían. El estado, a pesar de varios golpes, se mantenía laico, algo por lo que estábamos bastante agradecidos a Atatürk, el padre de los turcos. Pero eso costó también que mataran a casi un millón de armenios. Al menos eso decía mi padre. Cerca del final de los setenta la cosa se puso dura. Pensábamos que a mi padre lo sacarían por un indulto o por firmar una carta de arrepentimiento. Pero nos dijeron que cuando le pidieron a mi padre que firmara la carta en la que se arrepentía y aceptaba que el genocidio armenio nunca existió, lo único que pudo escribir fue una jugada de ajedrez: la famosa apertura siciliana. Cuando lo visitamos tenía unas terribles ojeras, padecía de insomnio, había perdido mucho peso y no nos reconocía. Mi madre decidió enviarme a Berlín antes de lo previsto y, al mes de estar aquí, Kenan Evren dio un golpe de estado que todavía hoy impera. Mi padre murió en la cárcel y uno de mis hermanos en un tiroteo. Mi madre desapareció.

»Cuando creía que me había liberado del ajedrez conocí a Fonarek, el padre de Nakab. Lo conocí en la Universidad, ambos tomábamos un curso sobre la memoria en Walter Benjamin. Fonarek era un poco retraído y bastante feo, tenía un ojo estrábico, era bajito y su nariz no podía negar que tenía sangre judía. A veces se reían de Fonarek porque el profesor, Sigfried Grüber, no sabía a quién realmente miraba, si a él o a la puerta. La mirada de Fonarek era como una linterna que alumbra al lugar equivocado y por eso le llamaban Fonarek, que significa linterna pequeña en ruso. Era un genio, no cabía duda y, además, políglota: dominaba el yiddish, el hebreo, el ruso, el francés y un poco de italiano, sin hablar de las lenguas muertas como el griego ático y el latín. Su alemán era envidiable y siempre hacía etimologías que sólo él y Grüber entendían. Fonarek fue el único estudiante que publicó, durante el tiempo que estuve en la Universidad Libre de Berlín, un artículo en la revista de profesores. Estaba a punto de terminar, ya había pasado el examen de candidatura y estaba en el salón de oyente. Preparaba una tesis doctoral sobre la relación de Walter Benjamin con Bertold Brecht.

»Fonarek era tímido, pero desde que hice el ridículo en un informe, comenzó a perseguirme, bueno él lo hacía ver como una simple casualidad. En las clases se sentaba detrás de mi y me decía que yo me parecía mucho a Lasja Lacis, una activista comunista y directora de teatro que había trabajado con Brecht, y Benjamin le había dedicado su libro *Dirección única*. Lasja fue la responsable de que Benjamin se aliara con el comunismo. Hicieron un viaje a Moscú juntos y, cuando regresaron, Benjamin le pidió el divorcio a su esposa Dora para irse a vivir a la 42 de la Dussendörfstrabe, de hecho cerca de donde estamos. Creo. A veces no sé si conozco realmente a Berlín. Llegué a buscar fotos de ella y era cierto. Yo tenía cierto parecido a ella.

»Un día Fonarek se acercó a mi dormitorio de damas y tocó a mi puerta. Yo estudiaba para un examen de la clase que tomábamos juntos. Se disculpó varias veces por el atrevimiento, pero lo dejé entrar. Estaba muy nervioso. Se sentó en la cama y me dijo que había venido porque le habían dicho que yo jugaba buen ajedrez. Fonarek quería saber si yo podía, utilizando tres fotos casi consecutivas de un partido de ajedrez entre Benjamin y Brecht, saber quién de los dos ganaría. La foto había sido tomada en Dinamarca en 1933, cuando hicieron un viaje huyendo de Hitler y la persecución en contra de los comunistas en Berlín. Fonarek me explicó que él creía que Benjamin perdía y que eso significaba que no regresaría a Berlín. Benjamin tenía a dónde ir, su amigo Gerchom Scholem lo había invitado a Palestina, pero Benjamin no aceptó. Brecht también le había dicho que se quedara en Skovbostrand, Dinamarca, cuidando su casa de verano pero tampoco quiso. Benjamin tenía dos opciones: ir a París, pues no podía vivir sin la Biblioteca Nacional de París o huir de Europa a través de los Pirineos, cruzar la frontera francoespañola de Port-Bou, llegar a Lisboa y tomar un vuelo a New York. Fonarek creía que como Benjamin no sabía qué hacer decidieron echar un partido. Pero Fonarek pensaba que Benjamin se había dejado ganar, pues Lasja lo había abandonado y no quería regresar para no tener que verla. Le cuestioné a Fonarek que desde la jugada hasta el suicidio de Benjamin en 1940 en un cuarto de hotel en la frontera de Port-Bou habían pasado seis años y que no era posible. Pero él insistía que todo había comenzado allí, al igual que lo hicieron para la novela que planificaron escribir juntos y algunas decisiones con las puestas en escena de algunas obras de Brecht. Fonarek me enseñó unos apuntes que Benjamin había hecho durante los días en que se quedó en Skovbostrand. Fonarek no me lograba convencer, pues intentaba solucionar seis años del nomadismo de Benjamin con una partida de ajedrez. Pero cuenta Brecht en sus diarios que él quería motivar a Benjamin a hacer un viaje con otros intelectuales por las tierras del norte.

»Ese día hicimos las jugadas partiendo de cómo estaban las piezas en el tablero. Según las fotos, le dije a Fonarek que Benjamin no se había dejado ganar, sino que Brecht le había ganado bloqueando la famosa «apertura siciliana», ganado con «la Inmortal». Esta jugada tenía la virtud, si se hace bien, de ganar un juego aunque se pierdan muchas piezas. En ambas, la dama es la protagonista, pero en La Inmortal puede ser utilizada hasta con un peón y puedes ganar. No había salida para Benjamin. La teoría de Fonarek se caía por completo. Su cara se desencajó. Y lo consolé.

»Esa noche le tomé cariño a Fonarek y estuvimos juntos. Él era muy torpe, así que tuve que enseñarle un poco. De hecho me confesó que era virgen. Cuando se vistió sacó de su bulto un libro de Benjamin, *Metafísica de la juventud* y adentro había dinero en un sobre. No se los quise aceptar, pero él insistió. Me dijo que leyera lo que decía Benjamin sobre las prostitutas. Me enfurecí y lo mandé a salir del dormitorio, pero me quedé con el dinero. Abrí el libro y leí. Habían oraciones subrayadas como una que me encantó: «La mujer custodia el lenguaje.» Pero había una línea subrayada que, además, tenía mi nombre al lado: «La prostituta custodia el tesoro de la cotidianidad (*Alltäglichkeit*), pero también el más precioso bien: la nocturnidad (*Allnächtlichkeit*)». Te podrá parecer cursi, pero desde ese día supe que quería ser prostituta. Aunque terminé siendo toda una estrella porno, es más o menos lo mismo. Creo que hasta mejor, sobre todo cuando finges. Ser estrella porno es como ser una vaca en un establo a la que fertilizan para librarse de la incomodidad del toro.

»Al otro día no lo vi en la clase: quería agradecerle. Tres días después lo encontraron en la bañera de su dormitorio. Las autoridades no sabían decir si se había suicidado o se había resbalado. Se partió el cuello. Sentí mucho su muerte, no porque lo había querido, pues estuve una sola noche con él y fue desastrosa, sino porque había encontrado lo que realmente me gustaba. Pensé que fue mi culpa, pero no me había equivocado en lo que le dije. Hubo luto en la Facultad de Letras, pero nunca dije nada, y llegaron a publicar su tesis póstumamente como un homenaje. Pero Fonarek me había transformado. Comencé a cobrarle a todos los estudiantes que querían estar conmigo, pero a los tres meses en que no me bajaba el periodo me di cuenta que estaba embarazada. Siempre creí que Fonarek lo había planificado. Pero también cabía la posibilidad de que fui yo quien olvidé protegerme. En honor a aquella duda le puse a mi hija *nakab*, una de las palabras que no se cansaba de repetir Fonarek, pues en hebreo se parece mucho al sustantivo de lo femenino. *Nakab* en hebreo significa olvido.

»Tuve que abandonar el dormitorio y, finalmente, los estudios. Cuando Nakab cumplió el año conocí a Laika y me ofreció quedarme con ella si la ayudaba a pagar la renta. Al principio fue difícil, pues los clientes de Laika tan pronto me conocían terminaban conmigo. Así que aproveché la educación que tenía y mis conocimientos en el ajedrez para buscar otro tipo de clientes. Me costó varios años conseguirlos. Comencé a frecuentar algunos clubes de ajedrez. Allí conocí a Kurtz, el director que viste en la fiesta y con él hice mi primera película que la titulé, en honor a Fonarek, la *Apertura siciliana*. Tienes que verla: hay una escena famosa cuando los dos contrincantes se levantan y sacan sus vergas rebosantes. Yo estoy frente al tablero, el rey blanco yace derrumbado en señal de jaque mate. Pero la cámara hace una toma genial: debajo de mi barbilla está la dama de las fichas negras, luego sube y hace una toma a mi boca con aquellas dos enormes compañías. Después, la cámara vuelve a señalar la jugada, se retira, los dos tipos eyaculan a la vez y de mi boca baja el semen y cae encima de la reina sin tumbarla. Fue como un homenaje a las dos jugadas, a la apertura y a la inmortal. Costó mucho trabajo, pero no tuvo mucho éxito en el club de ajedrez, porque, según algunos, les quitaba la concentración. Sólo a un tipo, Ernesto, le fascinó. Comenzó a pagarme por acostarme con él hasta que se quedó sin dinero. Un día lo encontré frente a mi apartamento llorando: quería estar conmigo, pero que no tenía dinero. Por suerte Laika no estaba. Le dije que no, pero Nakab me dijo que le caía bien, que tenía un rostro confiable, tanto como un idiota, y me sugirió que él la podía cuidar, ayudarla a estudiar en lo que yo llegaba de trabajar. Lo dejé pasar y así estuvimos un año. Él se encariñó con ella y le traía gargantillas, tableros, piezas de ajedrez de colección y por supuesto, la novela que mi hija adora: *La novela de ajedrez* de Zweig que Ernesto le leía todas las noches. Yo también me encariñé con Ernesto y comenzamos a tener una vida sexual sin cobro. Pero un día me di cuenta que le gustaba estar conmigo con la puerta entreabierta. Nakab se asomaba. Pero no me di cuenta hasta que un día mi hija llegó desnuda hasta nuestra cama, mientras Ernesto me penetraba. Yo la regañé. Pero la cosa siguió hasta aquel día en que lo cogí sin toalla con la verga enhiesta que señalaba a Nakab que estaba en el mueble desnuda, con sus piernitas abiertas y con ojos de deseo.

»Ernesto dice que fue un accidente, pero tenías que verle la cara de enfermo que tenía cuando entré. Y no me contradigo cuando digo enfermo. Yo, mejor que nadie conozco ese límite que tiene el rostro de enseñar lo que no quiere. Al fin y al cabo, sin rostro no hay deseo.

16

Al rato que llegara Damka sale una enfermera a decirnos que tendríamos que esperar que operaran a Ernesto. La fractura de algunos huesos de la parte de arriba del pie le causaron mucho daño a varios tendones y había que abrir. El resultado de la operación dirá si podrá volver a caminar normalmente o tenga que usar bastón de por vida, nos dijo la enfermera. Damka cambió la cara. Hizo un gesto de molestia y luego se justificó diciendo que Ernesto tuvo la culpa. La enfermera se fue y nos quedamos en la sala de espera. Nos trajo unas almohadas y un edredón no sé si para el frío o para tapar los muslos de Damka, pues su vestimenta casi no dejaba nada a la imaginación. Damka dijo que esperaría un rato más, pero que estaba cansada. Me preguntó si podía recostar su cabeza en mi falda. Sin contestarle ya se estaba acomodando.

Puso su cabeza en mi falda y se recostó. Su torso tomaba tres sillas a lo largo. Me dijo que le contara algo, cualquier cosa. Me preguntó cómo Ernesto y yo nos habíamos conocido. No tenía muchas ganas de contar nada, pero con tal de que no se levantara y tener la vista de sus pezones erectos le conté. Hice una sonrisa hipócrita y le dije que la última vez que Ernesto y yo nos vimos fue en la sala de espera de un hospital en mi país.

Comencé a hablar y cuando la miré ya se había dormido. La llamé, pero no me contestó. Miré su cuerpo, su ropa de una estrella porno. Recordé por un momento sus gestos de deseo, sus gemidos, sus muslos, su sexo húmedo en la película, antes de que Ernesto arruinara todo. Alcé la vista y vi que en el televisor de la sala de espera estaban dando noticias: El presidente Bush había ganado las elecciones presidenciales. Habló de sus planes con Alemania y le adjudicó a Reagan la gestión y caída del Muro. Vaya canallada. A los humanos les encanta adjudicarse el azar. Pero qué más podía decirse de lo que está perdido.

Cambié la vista y me encontré con los muslos de Damka, su minifalda de cuero negro y sus apetitosos muslos. Aunque la ropa de una estrella porno no pasa de moda. Sobre todo cuando está en el suelo arremangada. Arropé a Damka con el edredón verde que nos trajo la enfermera. Recordé a Malva, sus trajes, sus gustos siempre afrancesados y aquellas frases de Flaubert que nunca sacaba de sus labios.

17 Por aquel tiempo en que conocí a Malva, principios de octubre de 1981, la minifalda finalmente pasaba de moda. Era como retroceder algo en la mirada, tapar lo que ya estaba descubierto. Pero con el tiempo nos acostumbramos a los hombros por fuera, grandes cinturones, faldas largas, pero ligeras, fáciles de subir o mirar a través de ellas el color de las bragas, mi gran debilidad. La generación que me había tocado vivir había sido un experimento con los fracasos de otras generaciones; los ochenta nos dejó con el insomnio de los anacronismos. Más bien se combinaba.

Algunas organizaciones políticas estudiantiles, como la Federación de Universitarios Pro-Independencia y la Juventud Independentista Puertorriqueña, comenzaron a prohibir el uso de drogas en las reuniones y si veían a un miembro usándolas lo expulsaban. Pero con el tiempo hubo que aceptarlas por dos razones: era más fácil acostarse con una chica bajo esos efectos y no había forma de tragarse aquello de la ideología cuando Cuba entraba en una decadencia y la Unión Soviética también. Y cada vez que alguien cuestionaba por qué había que hablar de la dictadura del proletariado, cuando América Latina se atestaba de dictaduras, no nos quedó otro remedio que dejar que usaran lo que quisieran. Al menos eso era lo que yo hacía en secreto, pues la izquierda que se heredó en América Latina y el Caribe era recalcitrante, conservadora y reaccionaria. Y lo sabíamos. Sólo que, a diferencia de la religion en la que uno se puede molestar con dios y escoger ser escritor, en el socialismo tenías que ser trabajador; ya estaba bueno de intelectuales, ahora había que trabajar para pagar las cuotas del juego de lo imposible: cambiar al ser humano.

Para entonces, yo era el encargado de la propaganda de la UJS. Y todos estábamos condenados a repetir el rostro de todos los reyes que van a perder una y la misma batalla. Pero estaba bien así. Había cierto placer en el fracaso de dejarse crecer la barba, recitar consignas alrededor de una tumba movible y que apenas podíamos pronunciar, y vender la revolución frente al capital de senos ubérrimos o escasamente necesarios; la revolución imposible los aceptaba a todos. Mejor dicho a todas, más si los mahones estaban apretados o las faldas cortas, aunque no estuvieran de moda, o si llegaban a una reunión a discutir *El capital* con una camisa del Che Guevara, sin sostén, y en la que los pezones erectos coincidieran con los ojos del guerrillero. Recuerdo que en aquel tiempo la noticia del famoso golpe que le dio Vargas Llosa a Gabriel García Márquez en un cine de París se había convertido en una excusa para hablar del escritor comprometido y todas aquellas sandeces del arte en favor de la política, con la cual nunca estuve muy de acuerdo, aunque nunca dije nada. Casi cuatro años después sólo algunos trotskistas o maoístas como Aníbal, recordaban el asunto para hablar sobre Sartre frente a Camus, Trotsky frente a Lenin. Era difícil hacerle creer a muchos que la revolución triunfaría, aunque había instancias en que sí, como por ejemplo cuando conocí a Malva. Aunque no tardó en llegar la desilusión.

165

18   La primera vez que la vi había Asamblea de Estudiantes. Una de mis tareas era persuadir

a todos los estudiantes a que asistieran, aunque eso significara interrumpir las clases y, hasta en ciertas ocasiones, encerrarlos por fuera con clavos para darles una buena lección de socialismo. Después de dar mi discurso en varios salones, amenazándolos con que la comitiva huelgaria vendría por ellos si no se unían, me tocó ir al salón de Ludwic Schajowicz. Ernesto me había advertido que él nunca pisaba los salones de filosofía, pues además de que conocía a muchos de los profesores, siempre me dijo que podían ser buenos aliados. Ya teníamos de nuestro lado a Milton Pabón de Ciencias Sociales y a Fernando Picó, el jesuita, de Historia. Recuerdo que le dije: «Todos o ninguno». Y seguí mi caminata hacia la Facultad de Humanidades.

Cuando llegué al salón donde Schajowicz daba clases, en un segundo piso del Edificio Sebastián González, me acerqué y sin mediar palabras interrumpí la clase. Yo estaba solo, pues había asamblea y no queríamos que algunos se enteraran de que hacía falta quórum para decretar lo que queríamos: la huelga indefinida. El profesor hablaba de literatura griega. Pero no me importó, aunque realmente me encantaba. En la pizarra había un bosquejo con palabras en griego. Allí estaba la famosa Aletheia de la que tanto me hablaba Ernesto. Para los griegos Aletheia era verdad. Pero su etimología estaba compuesta por una negación (la alfa privativa) y de Leteo que era olvido en griego, del cual se conoce el río del olvido en el que Cancerbero hundía a los muertos para que olvidaran su vida pasada. Ernesto me había hablado una y otra vez de aquella etimología. Al lado, estaba la palabra memoria (nemosine) y en el centro estaba escrito Edipo. Cuando llegué al salón Schajowicz preguntaba cuál era la pregunta que Edipo había olvidado hacerse. Pero yo interrumpí en ese instante.

Allí hablé de la situación del alza en la matrícula, de las injusticias con el estudiantado, de los salarios del presidente y sus ayudantes. Mágicamente terminaba hablando de la dictadura del proletariado, de los trabajadores, de Hegel, de Marx, de las garras del capitalismo de las que nos teníamos que liberar, del Che, de Cuba.

Mientras hablaba sentí cómo la mirada de una de las estudiantes me acuciaba y me sonreía de forma coqueta. No parecía una estudiante, parecía mayor que casi todos los estudiantes que estaban allí, pero era de rostro fresco y quijada fina. Tenía el pelo negro, con pequeños ojeras, unos ojos verdes intensos con rimel, de esos a los que no se pueden mirar mucho tiempo, y labios finos. Su codo y su mano derecha sostenía su fina quijada y de cuando en vez mordía la punta del lápiz con que no escribía. Me dio tiempo a mirar su libreta vacía. Guardaba casi las mismas descripciones de esa chica enigmática que Hemingway ve en Café des Amateurs en la rue Mouffetard y que al mirarla lo turbó y dice que se puso caliente.

Cuando terminé mi discurso y le pregunté a los estudiantes cuántos habían decidido ir a la Asamblea de Estudiantes a discutir la situación de la matrícula y la necesidad de una huelga, vi que sólo un estudiante salió. Cuando le pregunté me dijo que sólo iba al baño. El resto, que eran como veinte, se quedaron. Entonces, Schajowicz me dijo con su risa burlona desde su escritorio:

—Antes de que usted llegara estábamos hablando de Platón. ¿Lo ha leído? Imagino que no. Pero Marx, ese héroe suyo, sí lo hizo. De hecho, le gustaba la tragedia. En *El capital*, que me imagino que ha leído todos los tomos —dijo en forma irónica-, Marx cita mucho a Eurípides. Era su preferido. Lo más que le gustaba a Marx de Eurípides era el momento en que el héroe reconoce que todo a su alrededor está mal. ¿Sabe usted cómo le dicen los escritores trágicos a ese momento en que el héroe reconoce que todo lo ha hecho mal? Me imagino que no. Pero Marx sí lo sabía. *Peripatheia*. Le recomiendo que haga ese pequeño ejercicio, aunque apreciaría que se callara su mediocre boca.

Me quedé sin habla por un momento. Miré a la chica que estaba al frente, la única que me sonreía y me hizo un gesto de pena, se sacó el lápiz de la boca y me hizo un ademán para que me defendiera. Y lo hice. Le contesté de forma alegórica y burlona con una anécdota que había leído:

—Era posible que Marx prefiriera a Eurípides en vez de Esquilo. Quizás por la muerte estúpida que tuvo un día en que estaba sentado a pleno mediodía bajo un sol mezquino frente al mar para ver cómo los pájaros carroñeros mataban a las tortugas para luego comérselas. La técnica consistía en llevárselas como pudieran con el pico y sus garras, echar vuelo y dejarlas caer para que se rompiera su caparazón y así conseguir más carne. Esquilo que era calvo como usted —le dije mirándolo—, murió cuando una de esas aves de carroña dejó caer sobre la cabeza del dramaturgo una tortuga pensando que era una piedra. Yo le recomendaría que usara sombrero o hasta una sombrilla en el salón . Que no le vaya a pasar como a Esquilo.

Todos rieron, menos él. Aproveché las risotadas para invitar a los estudiantes a la Asamblea. Me dijo que nadie saldría del salón y que si yo quería, cuando terminara la asamblea, y que si me gustaba cómo morían los dramaturgos o los poetas griegos que pasara por el salón.

—Pero tendría que tener mucho cuidado —me dijo—, pues a Eurípides lo devoraron unos perros.

Volví a mirar a la chica y me hizo un gesto para que volviera. La mirada de aquella chica se me quedó grabada. Me fui a la Asamblea en el Teatro no muy lejos de allí. Llegué en el momento en que Roberto Alejandro se dirigía a la comunidad estudiantil para hablar del alza en la matrícula y el inicio de una huelga después de un paro de cinco días, el cual había servido como el primer instrumento de intimidación a la administración universitaria para que derogaran el aumento.

19

Roberto Alejandro era el presidente del Consejo de Estudiantes y el presidente de la UJS. Ostentaba una barba espesa, espejuelos de pasta, de ·tez clara y se jactaba de haberse aprendido de memoria *La guerra de guerrillas* de Lenin. No era muy agraciado a pesar de su altura, pero era tremendo orador. A su lado estaba Ernesto. Se había convertido de la noche a la mañana en el vicepresidente de la UJS. En una esquina de la mesa Aníbal, con su camisa a media barriga y su novia japonesa. El teatro estaba abarrotado de estudiantes y de organizaciones que vociferaban consignas. *¡Esa torre temblará con la huelga general!* *La educación es un derecho, no un privilegio. Lucha sí, entrega no.* Todo parecía una fiesta, un carnaval. Pretendíamos emular las manifestaciones de estudiantes en la Sorbona en 1968. Pero era 1981: la crisis de la Unión Soviética nos sesgaba el paso, Cuba no quería aceptar que no podía sobrevivir sin la URSS, el estalinismo nos hacía una huella honda, Vietnam había terminado, del Puerto de Mariel en Cuba salían los disidentes y las dictaduras que recrudecían cada vez más en América Latina hacía cada vez más imposible convencer al estudiantado. Ni yo mismo lo estaba, pero eso nunca se aceptaba. Quizás lo único que quedaba era el Muro de Berlín. No eran las mismas condiciones, pero aun así apostábamos a lo imposible.

Había suficientes estudiantes para que quedara aprobada. Cuando todos se levantaron de sus sillas aproveché para salir. Regresé al salón, apretando el paso, pero fue en vano pues todos los estudiantes atendían absortos las palabras de Schajowicz. Hasta yo. Habían declarado una huelga general y parecía que allí no había pasado nada. El profesor hablaba de Platón, sobre todo uno de uno de sus diálogos no muy citados, *El Teeteto,* en el que decía el autriaco se encontraba una definición de memoria y olvido muy diferente a como la tragedia lo había hecho. Me quedé afuera sin que me vieran escuchando.

—Para Platón la memoria es un pedazo de cera. Dice Sócrates en el *Teeteto* que para que se tenga buena memoria la cera debe estar limpia de imperfecciones. La cera debe ser lisa y blanda. Pero no muy blanda porque se pierden los recuerdos. Tampoco muy dura porque nada se graba. Y recuerden que para el tiempo de los griegos se escribía en una plancha en la cual se grababa encima de una lámina de cera, para entonces borrarse. Pero cuando la cera de la memoria está sucia, dice Platón, llena de imperfecciones o es demasiado blanda el hombre tiende a ser olvidadizo. He aquí la ética de Sócrates respecto a la memoria y el olvido. Pero qué realmente debemos recordar. Qué tenían que recordar los filósofos. Esta constatación ya la habían dado los trágicos, como Sófocles, sobre todo con Edipo. Este héroe trágico no es culpable por haber cometido incesto y parricidio sino por haber olvidado. Qué olvidó Edipo, la pregunta por la que siempre terminamos recurriendo a los dioses. Eso lo discutiremos mañana. En la próxima clase. Los espero.

Cuando escuché esto último me asomé a la puerta y le dije que mañana no habrá clases. Y que se había declarado la huelga de forma indefinida a no ser que la administración universitaria derogara el aumento en la matrícula y nos ofreciera una verdadera reforma estudiantil.

—Ah, volvió. Llegó nuestro Eurípides —me dijo Schajowicz con ironía—. No se lo comieron los perros. Él debe saber la contestación a esa pregunta.

Sonreí sin más remedio.

20 Esperé a que la chica de ojos verdes saliera. La vi pasar. Ella miró hacia atrás, me impresionaron sus ojos, pero siguió caminando de una forma muy coqueta. Sabiendo que había logrado lo que quería. Tenía el pelo negro, un traje con un escote en la espalda y un tatuaje no muy común en la espalda. El plato donde aparece Edipo consultando a la esfinge. Apresurado la alcancé, sin saber qué decirle. Me presenté y, como siempre pasaba cuando me ponía nervioso, le hablé de literatura. Le pregunté si había leído la novela *París era una fiesta*. Me dijo que sí, sorprendida. Y yo le dije que guardaba casi la misma descripción de una chica que Hemingway ve en un café de París. Comenzamos a hablar. ¡Para algo tenía que servir la literatura!

Ella me dijo que era de las mejores novelas de Hemingway. Me habló de su estilo, de su vida y que una vez fue a Key West, a la casa museo donde Hemingway había vivido. Me dijo que hacían un concurso todos los años para escoger al tipo que se pareciera más a él. Había ido porque hacía una investigación sobre *The short happy life of Francis Maccomber* y allí habían unos cuantos trofeos y algunas cabezas disecadas de los animales que cazó en el tiempo en que escribió el cuento. Estaba sorprendido por todo lo que me dijo. Parecía que Malva -como me dijo que se llamaba- estudiaba literatura. Cuando le pregunté si eso era lo que estudiaba me dijo que no.

—La literatura no se estudia, se lee. Estudio traducción. Hice aquella investigación para una traducción. Hago traducciones del inglés al español, del español al inglés y, sobre todo, del francés al español. A veces consigo contratos independientes con una editorial francesa. Ahora traduzco algunos de los diarios de Anaïs

Nin, la amante de Henry Miller en París. ¿La conoces? Le dije que la había escuchado, aunque no era cierto.

—Realmente hago estas traducciones con júbilo, pero lo que sí me gustaría traducir es *La educación sentimental* de Flaubert. «Hay que tener ambiciones en esta vida», así le dice Madame Arnoux a su enamorado y nunca correspondido Frédéric.

No supe qué contestar, pero intenté volver a Hemingway, que era lo más que conocía por aquella época. Le dije que en *París era una fiesta*, él contaba que el poeta Ezra Pound le dio un consejo: Que leyera a los franceses. Un consejo que Hemingway no siguió al pie de la letra. Para sorprenderla le dije que, a pesar de que estudiaba política, en aquel momento estaba ocupado intentando escribir siguiendo la técnica del iceberg que había dicho Hemingway en una entrevista.

—¿Entonces, escribes? —me preguntó.

—Hago el intento. Tengo algunos cuentos no muy buenos.

—Eso lo cambia todo. Quiero leerlos —me dijo.

Bajamos por las escaleras debajo de la Torre, caminábamos por una plaza. La invité a mi buhardilla y aceptó. Seguimos por la acera de arbustos hasta la avenida. Yo vivía en una espaciosa buhardilla en el quinto piso de un edificio en la esquina donde la Gándara y la Avenida Ponce de León se cruzan no sé si por primera o por última vez.

El edificio era de los años cuarenta con balcones que sobresalen. Los últimos, como el mío, tenían techos con arabescos y columnas en espiral. En la parte de abajo había una triste pizzería en donde a veces nos reuníamos y terminábamos conspirando hasta con el café bastante mediocre que allí servían. A veces en las reuniones no lográbamos vencer la tentación del olor a pizza que se metía a mi buhardilla. Era curioso, hablábamos sobre el MIR en América Latina, los sacrificios y deberes de un revolucionario según el Che con un pedazo de pizza en las manos. Aníbal, que era maoísta y decía que Cuba había cometido un gran error en no tornarse hacia el comunismo chino, era el más que comía pizza y después se justificaba, diciendo que había que usar las mismas técnicas del capitalismo para sobrevivir a él. Mi buhardilla era la última y desde el balcón se veía la torre de la universidad. Era espacioso, el suelo tenía lozas en blanco y negro como un tablero de ajedrez. Tenía dos balcones y cuatro ventanas de maderas que abrían hacia afuera, dos cuartos, una cocina y un baño pequeño. En el centro tenía una amplia sala donde había un sofá, en el centro una mesa coja con dos libros debajo haciendo balance y frente a una de las ventanas un escritorio donde descansaba una maquinilla Olivetti, el retrato de mi madre y el de Lenin, el mismo que estuvo encima del piano cuando era niño. Las paredes estaban atestadas de estantes de libros, cuando no de algún afiche revolucionario. En una de las paredes que daban a la puerta del balcón había un afiche del Che con su sonrisa, su cigarro y su famosa frase: «Hasta la victoria siempre».

—Bone chambre —dijo al entrar—. Veo que te gusta esto de ser revolucionario —me dijo.

Malva caminó por los estantes de libros. Me preguntó si tenía algo de Henrry Miller o de Anaïs Nin, de Proust. Le dije que sólo tenía *Trópico de Cáncer,* pero que no lo había leído. Luego me preguntó por qué tenía a *Madame Bovary* y no *La educación sentimental* que era la mejor novela de Flaubert. Me miró mal, pero luego me dijo que tenía hasta mañana para hacerlo si quería que volviera. Continuó mirando por los estantes. Se ovilló. Vi sus nalgas endurecerse, sus muslos, su escote, su tatuaje, la manera en que se metía la punta del índice mientras buscaba. Cuando lo encontró lo primero que hizo fue ver de quién era la traducción.

Hice el ruido que se acostumbra cuando algo nos sorprende. Estaba más empecinado en su figura allí doblada. Ella siguió mirando los libros, como si nos conociéramos de siempre.

—Tienes poca literatura, pero buena. Faulkner, Hemigway, Balzac, Mann, Rilke, buena poesía, autores del Boom Latinoamericano, Borges. Bastante buena para ser un estudiante de política. ¿Música? No sé. No me gusta Silvio Rodríguez, su voz me chilla en los oídos, pero admito que es un buen poeta.

Hizo una pausa.

—Ah, tienes música clásica.

Malva recorrió cada uno de los estantes de libros.
La luz, que entraba a raudales por la ventana iluminaban
su espalda y su tatuaje: Edipo consultando a la Esfinge. Vi
su perfil, su nariz fina y un poco respingada. Tenía que
tener sangre europea por algún lado. No tenía muchas
caderas, pero una buena cintura para disimularlo. Sus
nalgas estaban alzadas y cuando se paraba para continuar
la hilera de libros el trajecito se le metía por entre las
nalgas, dejando ver sus ligueros negros. Tuve una erección
y fui a la cocina para hacer que preparaba café y desde
allí le pregunté si quería. Me acordé del momento en
que Hemingway ve la chica en el café y dice que se puso
caliente.

—¿Rachmáninov? Raro para un revolucionario
como tú.

—¿Tocas piano?

No contesté, pero fue hasta la cocina.

—Que alguien tenga música de Rachmáninov y
no toque piano, no es común.

—Tocaba —le dije escondiendo mi erección con
una de las gavetas que abrí—. Lo abandoné cuando entré
a la universidad.

—Bueno, al menos tenemos algo en común. Yo
tocaba viola, pero supe que me había equivocado de
instrumento cuando escuché jazz. Me encantan Fitzgerald,

Thelonius, Armstrong, Parker. Para la música clásica, tengo a mi novio. Pierre estudia en un Conservatorio en París. Toca trompa francesa.

Yo no sé qué cara puse, pero ella se dio cuenta, quizás por mi silencio. La mente me dio vueltas. Me imaginé al tal Pierre metiendo su mano por la trompa y luego por el sexo de Malva. La cocina no tenía paredes así que ella vio el gesto que puse.

—No pongas esa cara. *Tu est mon sot préfèrer.*

Algo así como tu eres mi tonto favorito. Yo había tomado algunas clases escasas de francés en la universidad, pero Malva lo dominaba muy bien.

—Pierre está bastante lejos.

Se acercó con el disco de Rachmáninov en las manos. Lo puso cerca del fregadero y me preguntó si tenía toca discos. Le dije que sí, pero que no tenía aguja, que había una nueva en una de las gavetas de la cocina. La saqué, le soplé el polvo que pudiera tener y me dijo:

—Qué pena que la encontraste tan rápido. Tenía esperanzas de que la tuvieses aquí guardada —me pasó la mano por encima de la cremallera de mi pantalón, que estaba a punto de explotar.

Se acercó. Tomó mis manos y las puso en su cintura. Ella sintió mi erección hizo un gesto de que le gustaba y me besó. Tenía los labios finos y una lengua muy inquieta. Yo había cerrado los ojos, pero ella, al parecer los mantuvo abiertos. Sus ojos eran de un oliva intenso y no sabía dónde mirarla. Palpé sus hombros, bajé mis manos por sus manos, toqué su fina cintura otra vez, ella rodeó sus brazos por mi cuello. Luego, me pasó los dedos por los labios y secó su propia saliva en mi rostro.

—No te preocupes por Pierre. También me gustan los revolucionarios. Siempre son tontos en el amor. Se la pasan enamorándose de ideas, casi todas falsas, y a la hora de la verdad no son buenos en la cama. Pero me gusta enseñarles. Mira el amorío de Lenin con la pianista Inés Armand. Ella siempre se quejaba de que Lenin no se concentraba. Estaba muy nervioso porque le era infiel a su esposa y por Moscú y la revolución. Lenin la conoció en un recital cuando ella tocaba la *Apassionata*. ¡Claro que se puede tocar la *Apassionata* y hacer la revolución! De hecho se pueden dar palos con esa música de fondo. ¿No crees? Incluso se puede hacer el amor.

»A Pierre le gusta la *Apasionata*. Sólo cuando está en París... Me voy a casar con él dentro de un año. Nos puedes visitar si quieres, alquilaremos una chambrita en Clichy. Haremos unos cuantos viajes por España, Italia y por supuesto a Grecia. Incluso podemos ir a Rusia como hicieron Andreas, Solomé y Rilke. Me encanta Salomé y sus tríos. Siempre hablo de estas cosas con Pierre.

Le traje el café, negro y sin azúcar como me lo había pedido. Encendió un cigarrillo. Y sin que le preguntara comenzó a hablar de su niñez en París, de cómo conoció a Pierre.

21

—Nací en París. Mi madre era francesa. Había estudiado química en la Sorbona y trabajaba en una fábrica de quesos en las afueras de París. Mi padre era puertorriqueño. De esos que emigró a París con una beca que dio la Universidad de Puerto Rico para estudiantes de medicina. En ese momento en que París se recuperaba de la Segunda Guerra Mundial no todos querían venir. Mi padre no fue el único y todas las semanas un grupo de puertorriqueños becados se reunían en varios cafés. Así se conocieron mis padres, pero yo conocí a Pierre en un funeral. En el de mi madre. A los doce años mi madre cayó enferma de tifus.

—Recuerdo muy bien el día en que murió. Yo acaba de caer en menstruación y como mi madre estaba en el hospital me quedé con mi padre. Él me explicó hasta donde pudo. Pero como era médico quise saber por qué la menstruación tenía ese olor tan extraño. Tardó unos días en decirme por qué. Ese día nos preparábamos para ir a ver a mi madre al hospital. Yo veía el televisor y llamé a mi padre para decirle que en la Sorbona había unos disturbios. Le pregunté qué pasaba, pero no me dijo. En ese momento aparece Charles De Gaulle, el padre de todos los franceses, reaccionando ante la pregunta del reportero de cómo iba hacer con los disturbios estudiantiles: «¿Cómo quiere usted que se gobierne a un país que tiene doscientas cuarenta y seis variedades de queso?»

»El periodo huele a eso, Malva, me dijo mi padre. Huele a los quesos de Charles de Gaulle, a todos los de París. Yo sonreí con él. Un minuto después sonó el teléfono anunciando la muerte de mi madre. Pensé que podría llorar, pero sólo me dediqué a ver a mi padre llorar por los dos.

»Los disturbios de mayo del 68 retrasaron un poco el funeral de mi madre, a la que ni siquiera pude velar por su enfermedad. Ese día mi padre me obligó a tocarle una pieza a mi madre. Yo tomaba clases clases de viola en el Conservatorio de Música de París obligada por mis padres. Ese día me negué. Mi padre llevó la viola, me la puso en las manos y yo le dije que no lo haría. Y me fui corriendo. Pierre, que era hijo de un amigo de mi padre que había ido al funeral, siguió detrás de mi. Yo lloraba encima de una tumba desconocida y él se me acercó. Era tres años mayor que yo y me dijo que a él también lo obligaban a tomar clases de música. Pero que ya se había acostumbrado y le cogió el gusto a la trompa francesa. Yo me sequé las lágrimas y comenzamos a hablar. Pierre me dijo que si no quería tocar había una forma de engañar a algunos. Me dijo que los padres de los hijos que tocan instrumentos de cuerdas como el violín o la viola le miran el cardenal que se les hace en el cuello y si tienen dudas le tocan la punta de los dedos para ver si tienen los callos que salen cuando se practica mucho. Pierre me dijo que había logrado que una de sus amigas pasara como un gran músico, aunque no por mucho tiempo. Pero al menos la había liberado de tener que practicar. Le pregunté cómo y él me recogió el pelo y comenzó a chuparme el cuello hasta que salió sangre. Lo estuvimos haciendo por unos cuantos días. Pero comencé a darme cuenta que el cardenal no se ponía morado, sino cada vez más rojo. No sanaba.

—Un día esperé a que Pierre terminara su clase y nos metimos a un cubículo. Le enseñé con mucho miedo mi herida en el cuello y él me dijo que también conocía una forma para curarlo, pero que no podía decírselo a nadie. Se acercó a mi cuello, me chupó la sangre y luego metió sus manos en su pantalón y comenzó frotarse hasta que eyaculó. Me enseñó su mano llena de esperma, la toqué y la probé como me lo había pedido y luego con sus dedos comenzó a pasarme la esperma encima de la herida. Yo le chupé los dedos. Me excité muchísimo y fui hasta mi casa con la esperma encima de la herida. Parecía una paleta de un pintor. Encima transparente y por debajo carmín, con tonos según la profundidad de la herida. Casi se convirtió en un rito que pasó a las rodillas y a mis dedos. En ese tiempo en vez de practicar viola leía, sobre todo a Flaubert. De la biblioteca de mi padre me llevaba a escondidas un tomo en el que estaba recogida toda la correspondencia de Flaubert. Un día en que esperaba a Pierre leyendo en uno de los anfiteatros me encontré con una cita que me encantó. Llevé a Pierre

al cubículo donde siempre me curaba la herida y se la leí:
«*Une once de sperme perdu fatigue plus que trois litres de sang*».
Una onza de esperma perdida fatiga más que perder tres
litros de sangre. A Pierre le encantaba que hiciéramos el
amor en los cubículos y como un rito dejáramos para el
final la esperma para mi herida, pero nos dimos cuenta
de que no cicratizaba. Ni la herida del cuello, ni la de
las rodillas y las menstruaciones comenzaron a darme
mareos. Semanas después de exhaustivos exámenes me
diagnosticaron con hemofilia. Una enfermedad de la
sangre que no permite una buena cicatrización. Lo bueno
de todo esto es que si me ves sangrar ya sabes qué hacer.

22 Mientras me contaba aquello tuve otra de mis
erecciones impertinentes y dudé si pararme
cuando escuché que desde abajo alguien me llamaba.
Era Ernesto. Me buscaba para alguna reunión o algo por
el estilo. Le dije que me diera unos minutos y bajaba.
Malva me dijo que tenía que irse en seguida. Le tuve
que recordar el cuento que le iba a dar, lo saqué de mi
maquinilla y se lo entregué.   Le advertí que era un
poco largo. Me dijo que se lo llevaría y que vendría al
otro día, por la tarde, para darme su opinión y que me
traería un poco de buen jazz

Antes de salir me besó y me dijo que había
disfrutado y que le gustaba mucho. Me dijo que vendría

mañana más o menos a la misma hora a discutir mi escrito. Cuando me dio la espalda vi el tatuaje y me dio con preguntarle qué fue lo que olvidó Edipo.

—Ah, finalmente te atrapó Schajowicz.

—Bueno algo. Pero qué fue lo que olvidó.

Comenzó a bajar las escaleras y entre los tacones me decía:

—Edipo es culpable de haber olvidado lo que lo llevó, antaño, a consultar el Oráculo de Delfos para preguntar por su identidad, pues un comensal ebrio le había gritado que él (Edipo) era hijo de los reyes de Corinto. Pero cuando Edipo llega ante el Oráculo, la Pitia, es decir la sacerdotisa de Apolo, no le contesta la pregunta, sino que le presagia su destino fatal: incesto y parricidio. Edipo, aterrado por lo que acaba de escuchar, decide no volver al lado de sus padres, y llega a Tebas a resolver el problema de la peste que asecha la ciudad. Es así que Edipo Rey olvida la pregunta que lo llevó ante el dios o, bueno, ante el mensajero de Apolo: «Quién soy y de dónde vengo». En ese sentido la famosa lectura de Freud se viene al suelo.

Cuando llegamos al último rellano de la escalera, frente al portón de rejas de metal vi a Ernesto. Ellos se miraron como si se conocieran. Malva salió.

—*Au revoir, mon amour.*

Ernesto, sorprendido, me miró y me advirtió.

—No te vayas a enamorar de esa mujer. Ya yo

pasé por eso y no te la recomiendo. ¿Ya leíste *La educación sentimental*? Malva es como Madame Arnoux. Es una mujer falsa. Estará contigo mientras consiga lo que quiere. Te utiliza, si no es que ya lo ha hecho, y tan pronto se fatiga desaparece. Y ahora más que nunca, te necesito para la huelga. Esto va para largo. El gobierno ya hizo del problema de la universidad uno estatal y la policía entrará. Hay rumores de que van a tomar represalias.

—Eso no era lo que queríamos. ¿No? Que vinieran por nosotros, que nos arrestaran. Tirarle piedras, enfrentarlos. Convertirnos de pronto en héroes de una revolución que jamás veremos.

—Olvídalo, Miguel. Eres libre de hacer lo que quieras con quien quieras, pero te vas a arrepentir de no haberme escuchado.

—O de haberte escuchado —le dije. Estás celoso. Acéptalo.

Nos quedamos en silencio los dos y miramos a lo lejos donde estaban las barricadas. Malva las cruzaba y besaba a alguien en la mejilla. En la espalda su tatuaje enmarcado por el escote de su traje negro.

—¿Ya te pidió que consultaras con la Esfinge de su tatuaje?

—No

—Siempre lo hace. ¿Ya te habló de Pierre, su novio parisino?

Me quedé callado. Entonces me replicó:

—Al lado de Malva, no siempre que veas semen salir será de placer.

23 —Necesitas vivir si quieres escribir. Y unas cuantas orgías no te vendrían mal —me dijo Malva al otro día. La saludé con emoción, me la había pasado leyendo un libro de Miller que ella me había recomendado y por supuesto me masturbé. Casi todas las oraciones de Miller terminaban en coño, pero no estaba mal. Pero la noche anterior todos los coños eran el de Malva. Intenté besarla con emoción, pero me dijo que en el corredor no. Que alguien nos podía ver. Me pareció extraño, y cuando entró me dijo que tenía las bragas húmedas. Que había pensado en mi toda la noche. Tenía un traje verde con el mismo corte del día en que la vi sin manguillos y con un cinturón marrón. Tenía tacones marrones que combinaban con su cinturón, y eran bastante altos, así que casi alcanzaba mi estatura. Yo, como siempre traía una guayabera blanca y unos vaqueros gastados. Malva traía un disco de Edith Piaf y otro de Charlie Parker. Le pregunté por el cuento y me dijo que lo había tirado. Casi grito.

—Era la única copia, lo sé, pero era mejor así —me dijo. Te daré una buena lección de escritura. Además no tienes registro de cuentista, sino de novelista.

Puso *East of the Sun and West of the Moon* de Charlie Parker. Me tomó por la cintura y comenzamos a bailar. Casi atardecía y cada vez que el resplandor vago de la tarde daba en su cara sus pupilas se achicaban. Con esa luz sus ojos no eran verdes, sino amarillos. Como las manchas de luz que quedaban en las nubes.

—El cuento —me decía Malva— a diferencia de la novela, está al este del sol, la novela al oeste de la luna. De donde también es el jazz. La novela es como el jazz... Hay algo en esa música de negros –como les gusta decir a los críticos- por lo que quieres escuchar más, quieres que se extienda, quieres seguir bailando, aunque el mundo esté por acabarse, aunque haya una estúpida huelga si quieres o aunque estés al este del sol. En el jazz, como en la novela, tienes la improvisación de todos los instrumentos, cada uno a su tiempo. Pero a su vez mantienen un mismo tempo. La batería y el bajo mantienen el ritmo, la trompeta o el saxofón mantienen la melodía. Son la melodía. El piano con sus acordes los respalda. Todos tocan a la vez, el sax siempre se escucha más, sobresale. Ése es tu protagonista. Oye a Parker. Pero no puedes dejar que sobresalga demasiado. Improvisa, sigue la melodía pautada, la tonalidad, los sostenidos, los bemoles. Alarga una nota o la corta para tomar aire. El bajo y la batería son tu contexto; los oyes constantes, también improvisan, pero dejan que el saxofón, la trompeta o el piano se muevan. Saben respetar los silencios, pero dejan que los demás busquen sus propios silencios para entrar. El este del sol y el oeste de la luna no existen porque siempre están en movimiento. En uno hay luz y en el otro penumbra. Pero el sol nunca ha visto un atardecer, sin embargo la penumbra sí. No se escribe desde ninguno de los lados, sino en el medio, en el límite, el lugar que es, a la vez, el este del sol y el oeste de la luna. No se escribe desde la caída, sino desde el vértigo. En la caída no se ve nada. Pero desde el vertigo se ve todo. Y todo lo que se ve está al lado de las tinieblas; sólo tienes que cerrar los ojos. No se escribe desde el vacío, sino desde lo que está a punto de colmarse y no se colma.

—Como ésto —le dije y me acerqué para que sintiera mi erección.

—Um. Estás aprendiendo, tontito.

—Pero no muevas tanto las caderas, te vas a correr. Piensa en lo que dijo Flaubert. «*Enfin l'érection est arrivée, monsieur, a force de me fouetter et de me manustriper. Esperons qu'il y aura fête*».

No entendí muy bien y cuando le iba a pedir que me tradujera puso su mano encima de la cremallera. Me dijo que le gustaba lo arqueado que estaba.

—Así parecía un saxofón. Lo oyes. Ahora viene el solo. Por aquí se ponen los dedos para conseguir las notas. ¿No? Pero tranquilo. Aguanta. No te corras. Piensa en otra cosa. Mira por la ventana y dime qué ves.

—La torre de la universidad.

—Bueno eso no ayuda mucho, pero no dejes de mirarla aunque demos la vuelta. Y deja que yo haga lo demás.

Se arrodilló y me dejó mirando para lo torre.

—Dime algo.

Ella bajó la cremallera y sacó mi ángel anfibio que estaba a punto de estallar.

—Desde aquí se ven los carteles en tela que pusimos ayer; uno dice: *La educación es un derecho, no un privilegio* y el otro *Yankees go home*. El tercero no se ve, pero dice…

—No me lo digas, aunque lo sepas. Es desde ese límite que se supone que escribas. Se escribe lo que se ve, pero en la escritura también se asume lo que no está. Si no escribirás un diario y eso no es literatura. La ficción es, no por lo que inventa, sino por lo que no está y se dice. Lo que no está, se encuentra allí, detrás de las palabras, de lo que no se dice, pero se escribe. Eso nos hace más reales. Eso es estar *Al este del sol y al oeste de la luna*.

Cuando miré ya Malva me había bajado la cremallera y la canción de Parker todavía no había terminado.

—Oyes el saxofón. Por aquí debe ser la boquilla y por aquí —tocándome ya casi la punta— debe ser por donde sale la saliva cuando se ha soplado demasiado. Sientes los silencios. El piano dejándolo sobresalir. El sax, con sus silencios, aprovechando el que lo toca para sacarle, para arrojar al suelo la saliva que sobra –y entonces comenzó a acariciar la uretra que la encontró por el rastro de humedad en mi calzoncillo. Estás a punto. Dime algo más. No desperdicies esta esperma. Después no podrás escribir de esto y se lo dejarás al cansancio, a la fatiga y al sueño. Aproveché para preguntarle algo que sabía que la pasmaría.

Le pregunté si conocía a Ernesto.

—Ella se volteó, me empujó un poco hacia atrás. Frente a la ventana, se puso de espaldas a mí en contra de la luz que ya no estaba, alzó uno de sus brazos y bajó la larga cremallera que había debajo de su brazo. Dejó ver su espalda, su tatuaje y me dijo, con una mirada coqueta y de perfil:

—Eso se lo consultas a la Esfinge.

Ya casi se había ido la luz del sol y los pocos resplandores que quedaban fueron a reunirse al cuerpo de Malva de espaldas y con su tatuaje. Me acerqué, me desnudé y puse mis manos en su cintura desnuda. Comencé a subir hasta llegar a su espalda. Con el dedo tracé la circunferencia del plato de Edipo. Me acerqué más hasta que mi ángel anfibio le rozó la parte baja de sus nalgas. Malva se dobló un poco y logró tocar la punta sin virarse. Yo pegué mi pecho a su espalda, estiré las manos hasta conseguir su pecho; puntiagudo por demás, pero justo para la palma de mis manos. Malva viró su cuello, alcancé rozar con mi lengua el lóbulo de su oreja y la besé. Se viró, se arrodilló y comenzó a chupar mi ángel anfibio sin cerrar los ojos. Como negándose a las tinieblas.

Comencé a preguntarme si a Malva le parecía bien mi ángel anfibio. Pensé que Malva le había hecho esto a Ernesto y me dieron celos. Pero a la vez estaba a punto de correrme. Me volvió de nuevo la duda si le parecía bien el tamaño y recordé que en *París era una fiesta* Hemingway se burla de su amigo Scott Fitzgerald quien tenía una enorme preocupación por el tamaño de su pene. Hemingway le dedicó un capítulo completo el cual tituló «Una cuestión de tamaño». Recordé la escena en que Scott invita a Hemingway al restaurante Michaud en la rue Saints-Pères y, mientras comían una tarta de cerezas y bebían vino, Scott le confesó a Hemingway que Zelda, la esposa de Scott, le había confesado que no podía quedar satisfecha por el tamaño de su pene. Scott desesperado le dijo a su amigo Hemingway que quería saber la verdad y fueron al retrete. Imaginé a Scott, al gran escritor de *The Great Gatsby* y *Tender is the Night* y al gran Hemingway en un baño del París de los años veinte mirando el pene, quizás flácido o erecto para disimular el tamaño de Scott. Hemingway le dijo que él no encontraba nada fuera de lo normal. No conforme con eso, Hemigway le dijo que fuera al médico o al Louvre a ver pinturas y estatuas. Miraron varias estatuas antes de entrar al museo y Hemingway le dijo que lo importante no era el tamaño de reposo, sino el que adquiría después y que, además, era una cuestión de ángulo.

En ese momento miré a Malva, su lengua húmeda por el tronco y de pronto su boca llena de mi ángel anfibio. Estaba sorprendido porque había aguantado bastante. Pero Malva también ensalivó mis testículos. Estaba en una posición en el que se podía ver el tatuaje de Edipo consultando a la Esfinge, pero al revés. Ella puso sus manos en el suelo, subió su cuello, lo volteó y, con prisa y con cautela, se metía cada uno de mis testículos a la boca hasta que no pude más y me corrí. Después de un grito algo doloroso vi la esperma caer en su cabello y en su espalda. Era un hilo blanquesino. Buena parte de la esperma cayó en su tatuaje y por curiosidad me bajé un poco y comencé a frotarlo encima del tatuaje. Nunca había visto mi semen en otra piel. Siempre era en una revista, escurriéndose en mis manos o como un fantasma escurriéndose en la bañera, espeso y sin querer unirse al agua, aunque cediendo a su fuerza. Un hilo de esperma cayó entre Edipo y la Esfinge, que estaba encima de una columna.

Recordé lo que había dicho Schajowicz sobre la memoria citando a Platón. Como casi no había luz el semen brillaba, pero como estaba encima del tatuaje se veían el dibujo debajo.

—¿Qué haces? —me preguntó.

—Consultándole algo a la Esfinge.

Mientras se levantaba me dijo:

—Tontito. El enigma existe para no descifrarse. La esfinge es un león con tetas que se devoraba a quien no lograba descifrar los enigmas. Y mira lo que le pasó a Edipo. Sólo deja que yo lo dirija.

Se puso de espaldas, puso las manos en la ventana y levantó sus nalgas. Edipo todavía consultaba a la Esfinge.

Me acerqué y sacó sus manos de la ventana, pero se quedó de espaldas. Puso las manos en sus nalgas y las expandió. Su sexo rebosante y húmedo sonreía. Tomó mi ángel anfibio, todavía húmedo y lo pasó por las arrugas de su culo, más marrón que rosa, y me dijo:

—¿Sientes esto?

—Sí

Vi la cabeza de mi ángel anfibio a punto de eyacular, pero aguanté.

—Pues por aquí no. Esto es para Pierre. Hay que dejarle algo.

Entonces lo dirigió más abajo con lentitud y me indicó por dónde tenía que meterlo. A pesar de que yo era virgen, lo que me dijeron sobre las mujeres era cierto; si están locas porque se lo metas es que lo has hecho bien. Miré la torre, los cartelones y el que no veía, por supuesto. Afuera ya no quedaba luz y los postes comenzaban a encenderse. En el tendido vi unas palomas que nos miraban, como si se hubiesen atrasado en su retirada para vernos. Charlie Parker tocaba ahora *Bird gets the worm*. Una pieza algo rápida, pero precisa, pues cuando mi ángel anfibio entró por fin sentí una calentura tibia que nunca había sentido. Miré a mi lado el afiche del Che, su cabellera, su sonrisa y abajo las gloriosas letras que leían «Hasta la victoria siempre». Miré a Malva. Su cabellera se movía también y reía, pero con los ojos cerrados. Se escuchaban sus gemidos por encima de los instrumentos de la pieza y, a veces, al mismo tono del saxofón. El ruido de los autos, a lo lejos las consignas de los estudiantes haciendo un piquete. No quise pensar en eso. Miré el tatuaje de Malva. Recodé el olvido de Edipo: Quien soy y de dónde vengo. Entonces miré el hilo de esperma seco que había dejado entre la Esfinge en la columna y Edipo. El enigma y la condena. Y cuando menos lo pensaba grité.

—¿Ya? —me dijo con ironía y desconsuelo.

24 A Malva le gustaba desaparecer. Y así también aparecía siempre de sorpresa en medio de un piquete o en una reunión, siempre bien vestida con su enigmático tatuaje al aire libre para que todos lo vieran. Por aquellos días la huelga —que llevaba más de un mes de comenzada- había acaparado la opinión pública del país. El gobernador y presidente del Partido Nuevo Progresista, Romero Barceló, había acusado a los estudiantes de querer hacer una revolución comunista en la universidad.

Y no se equivocaba. Por más que lo disfrazáramos esa era nuestra ilusión y, a su vez, nuestra condena.

Un día en que logramos sacar a todos los estudiantes de la Facultad de Ciencias Naturales, Malva me agarró por un brazo, salimos del piquete y me dijo que me tenía una sorpresa, un ejercicio de escritura: una orgía. Me puse nervioso y sonreí. Le dije que aquellos no eran los mejores momentos. Ella replicó y me dijo que para mi escritura me sería de bien, pues en la orgía no se piensa, pero deja un grato recuerdo de cansancio, fatiga y placer. Estábamos en medio del gentío, era mediodía y no tenía planificado tener una orgía con tanto calor. Vio mi cara de indecisión, se acercó al oído y me dijo como siempre una cita en francés de Flaubert: «*Le seul moyen de supporter l'existence, c'est s'étoudir dans la litterature comme dans une orgie perpétuelle.*» Lo de la orgía perpetua lo entendí muy bien. Pues no hacía mucho que Vargas Llosa había tomado estas últimas palabras para titular un libro de crítica sobre Madame Bovary.

Salimos del gentío y dejé que me dirigiera. Llegamos a la Torre y subimos unas escaleras hasta llegar a un cuarto, desde donde yo anteriormente había subido a colocar cables para poner nuestros carteles de tela. Desde una pequeña ventana miramos hacia abajo y no vimos a nadie por todo aquello. Hasta los periodistas se habían marchado a cubrir la marcha frente a la Facultad de Naturales. Ella comenzó a desnudarse con prisa, fue a abrir la puerta porque alguien había tocado. Eran los de la orgía. Pensé, iluso al fin, que Malva me concedería el honor de que todas fueran mujeres. Imaginé a Eva allí, pero luego recordé lo que le había sucedido aquella vez que la invité a mi buhardilla. Pero sólo entró una persona: Ernesto. Tomé la ropa del piso y me tapé.

—¿Qué carajo haces aquí?

—Qué preguntas haces, Miguel.

Estaba decepcionado y comencé a vestirme. Le grité a Malva, pero ella se acercó desnuda, se arrodilló y se metió de un sopetón mi ángel anfibio que, a pesar de todo, latía con fuerza. Ernesto se acercó y me dijo que no me preocupara que no me tocaría.

—No se te ocurra ni mirarme —le dije.

Se acercó a Malva, le bajó la cremallera, se lo sacó y ella comenzó a chupárselo con prisa, pues tenía la mía al otro lado apuntándole. Yo estaba nervioso, molesto y algo avergonzado. Pero no iba a dejar que Erneso se saliera con la suya. Ernesto se veía tranquilo, sonriente y, por suerte, no se había quitado la ropa. Le pregunté a Malva con la boca llena qué había pasado con los demás. Se lo sacó y me dijo que había invitado a Hirochima, la novia de Aníbal, pero no quiso. Casi todos se asustaron con lo del piquete.

—Esperemos que venga alguien más. Pero por ahora, tengo un trabajo que hacer con estas dos vergas.

Con la mano encima de mi ángel anfibio y su boca ocupada en el sexo de Ernesto, no tuve más opción que mirar su tatuaje. Recordé el hilo que había dejado allí. Pero Ernesto también miraba el tatuaje. Cambié la vista y miré la puerta con esperanza de que apareciera alguien más. Pero era difícil no mirar a Ernesto, parecía todo un profesional, asumiendo los gestos y los ademanes, como si siempre, desde que nos conocimos, lo hubiéramos hecho. El cuarto estaba algo oscuro, pero entraba un rayo de luz por una ventana pequeña y rectangular que daba justo en el rostro de Ernesto. Yo, por suerte, estaba en la penumbra. Recordé la canción de Charlie Parker -Charlie Parker se parecía a Buda, diría Kerouac, y todo está bien-. Cuando Malva terminó con Ernesto, abrió la boca para hacer lo mismo con mi ángel anfibio, pero la paré. Le dije que no. Eso era como que se lo hiciera a Ernesto y me da asco. Entonces Malva me dijo:

—Tendrás que correrte primero, si te molesta.

Malva se puso en el medio a esperar entre Ernesto y yo. Tomó con cada una de sus manos nuestros sexos y comenzó a frotarlos. Comenzó una carrera, estúpida por demás, para ver quien se corría primero encima de Malva. Comencé a frotarme lo más rápido que pude. Pero no resultaba. Necesitábamos algo de velocidad personal. Cada cual tomó su sexo y comenzamos a frotarlo con violencia. Parecíamos dos adolescentes que se han ido a la punta de un árbol a ver su esperma caer. Ambos arrugamos nuestros rostros de dolor. De ese dolor que viene con el placer. Era la carrera más lenta y la más veloz. No nos movíamos del frente de Malva: nuestra meta. Malva con los ojos cerrados esperaba la esperma. Pero no llegábamos por más que frotábamos. La velocidad crecía, sólo nuestros brazos se movían como dos mancos que nadan para alcanzar la boya que tienen casi en sus narices. La carrera estaba perdida, eso lo sabíamos. Recordé lo que Ernesto me había dicho cuando me vio con Malva la primera vez saliendo de mi buhardilla: «Al lado de Malva, no siempre que veas esperma salir será de placer». Ernesto también cerró los ojos y comenzó a disculparse. Malva continuaba esperando. Edipo todavía consultaba a la Esfinge. Los senos de Malva puntiagudos esperaban también la humedad. Ella se pellizcaba los pezones. Abrió la boca. Ernesto también. Miré a la puerta a ver si alguien podía salvarme de aquello. Pero nada. Todo estaba en su lugar. La luz que entraba por la pequeña ventana, la penumbra donde estaba parado, los ojos cerrados de Malva, su tatuaje, su cabello negro queriendo rozar sus hombros y mi mano ya cansada de frotar mi ángel anfibio.

Paré. No pude más. Ernesto me miró con pena. Bajó la velocidad. Pero le dije que continuara. Malva se viró hacia él y lo escuché correrse. Lo peor no fue escuchar su gemido, ni ver su esperma encima de la cara de Malva, sino que me salpicara.

Ernesto puso cara de no tener culpa. Me dieron náuseas y, como temía, le lancé un derechazo que lo derribó. Ernesto cayó al suelo. Se levantó con el labio ensangrentado. Resignado y, a la vez, encolerizado. Se arregló los pantalones y se abalanzó hacia mí. Caímos al suelo. Yo estaba desnudo, él tenía ropa puesta. Malva comenzó a gritar. Intentó meterse y cuando Ernesto se preparaba para darme un trompazo, le dio un codazo en el rostro a Malva. Ella cayó al suelo. Ernesto fue hasta donde ella. Me levanté, lo agarré por la camisa y lo tiré al lado. Ernesto dio en la puerta y ésta se abrió. A mi no me importó y seguí hacia él. Afuera se escuchaba un escarceo y un griterío. Ernesto esquivó un golpe sobre avisado que le lancé. Mi puño dio en la puerta y rodamos escaleras abajo. Caímos uno encima del otro. Yo estaba completamente desnudo. Ernesto sangraba en la cabeza. El alboroto del piquete se escuchaba bien cerca, parece que se habían dirigido frente a la Torre. Se escuchaban las consignas, sobre todo la clásica: Lucha sí, entrega no. Quise continuar con la pelea. Ernesto me gritó improperios y, cuando me disponía a lanzarle otro golpe, vimos a un periodista que había subido las escaleras, algo agitado. Se sorprendió. Ernesto sangraba, yo estaba desnudo y arriba, en la puerta, Malva desnuda mirando todo. Sin que nos diera tiempo de hacer algo, el periodista tomó una foto y se fue corriendo. Ernesto se fue detrás de él. Yo me quedé en el pasillo y cuando iba a subir las escaleras para vestirme, vi que Malva ya se había marchado.

Extraña velocidad, la de lo perdido.

25 La foto fue un escándalo. Sobre todo el titular. *¿Huelga u orgía?* No fue ni uno ni lo otro. En la foto estaba Ernesto, con la ropa raída y dolorido por la sangre que salía de su cabeza. Arriba, al fondo, Malva en la puerta y yo mirando a la cámara con rabia, como Malva, completamente desnudo. Habían tapado nuestros sexos, pero decidieron publicar la foto en un periódico del país. A mí me echaron de la UJS y a Ernesto lo destituyeron de la vicepresidencia. Se convirtió en un simple miembro, como cuando yo lo recluté. Malva desapareció. La huelga continuó.

Durante los últimos tres meses de huelga no volví a ver a Malva. La busqué en cines, en bares, me acerqué a la puerta de los restaurantes más caros del país, sin éxito. Durante aquellos meses desarrollé una enfermedad que yo mismo llamé el Síndrome de Bogart. Cuando Humphrey Bogart hizo *Casablanca* recibió cientos de cartas que le preguntaban por qué no había tomado el avión con la mujer que amaba, aunque estuviera con Ingrid Bergman y su antiguo novio Victor Lazlo. Era extraño, pero llegué a ver *Casablanca* más de diez veces esperando que Bogart tomara el avión. Pero siempre quedaba defraudado.

¿Habrá sentido esta misma angustia que queda cuando dos aman una misma mujer o habrá renunciado a un trío, como yo no lo supe hacer?

Cuando me cansé de ir al cine, terminé cerrando la ventana que tenía vista a la Torre de la Universidad. No la volví a abrir más. Desde allí me convertí en testigo del fracaso, como si pudiéramos ser otra cosa. Escuché a la policía entrar al recinto. La vi salir, tirar gases lacrimógenos. Leí en los periódicos los arrestos de Roberto Alejandro y otros dirigentes y, finalmente, su expulsión de por vida de la universidad. Buscaba el nombre de Ernesto, pero no lo encontré por ningún lado. Pero un día en que ya la huelga daba sus últimos alaridos y se organizaba la octava y última asamblea para votar si continuaba o terminaba la huelga, Ernesto vino a verme. Su cara era de desesperación y lamento.

—Tengo noticias de Malva. Está embarazada y no sabe de quién es. Yo estoy dispuesto a asumir la paternidad, no importa quién sea el padre.

Me quedé atónito y no sabía a dónde mirar.

—Está en hospital. Espera por una cita con un ginecólogo. La voy a recoger pronto. Pero antes decidí venir a buscarte para despedirme o, si quieres para que la vieras. Ella me ofreció irnos a París.

—¿Y qué vas a hacer con Pierre? ¿Te lo vas a tirar también?

—Pierre no existe, Miguel. Nunca ha existido.

Y todo lo de París, su nacimiento y crianza y la muerte de su madre es mentira. Su padre sí estudió allá, pero ella nació aquí. Lo inventó todo. Pero ella me pidió que viajáramos. Ella cree que por los años que vivió su padre en París, podemos conseguir residencia. Al menos a mí se me haría más fácil, puedo entrar como refugiado de Pinochet. Queremos que el niño nazca allá. Tiene tres meses de embarazo.

Opté por la despedida. Para eso sí tenía algo de talento.

Fuimos al hospital. Yo esperé en la sala en lo que salían. Miraba por el televisor que había en la sala de espera. La huelga había terminado después de casi ocho meses.

Al rato Ernesto salió llorando. Malva se había ido, pero antes lo había engañado. Lo había hecho firmar unos documentos que él creía que eran sobre las citas al ginecólogo, pero eran para el aborto. Malva no estaba. Lo abracé. Lloramos juntos. Pero decidió entrar a ver al ginecólogo otra vez. Me fui detrás de él. Las enfermeras gritaban. Ernesto caminaba deprisa y yo casi corría.

Ernesto casi mata al ginecólogo que había practicado el aborto. Lo agarró por el cuello y le exigió que le dejara ver su hijo. El ginecólogo, asustado abrió la puerta y se lo mostró. El feto estaba en un zafacón de desperdicios médicos. Era un amasijo de sangre y carne. Todavía no tenía facciones claras para saber si Ernesto o yo éramos los padres de la criatura. Ernesto lo quiso tocar, pero no lo dejé. La cabeza era más grande que el cuerpo. Y los tobillos estaban doblados, flacos y amarrados.

Llegó la policía, nos sacaron a empujones. A mi me llevaron a la sala de espera al lado de un guardia de seguridad, en lo que Ernesto hablaba con las enfermeras. En el televisor ya no había noticias sobre la huelga. Ya todo se había perdido y no había de qué más hablar. La universidad volvía a la normalidad. No me podía sacar de la cabeza aquel amasijo de carne tirado en el zafacón. El cordón umbilical enredado. Servilletas atestadas de sangre. Y en el centro el feto con los tobillos maltrechos, por donde parecía que lo habían halado.

Recordé a Malva cuando me hablaba de las versiones del mito de Edipo. En una de ellas, decía, Layo, su padre, cuando supo que su hijo lo mataría, después de ir al oráculo de Delfos, lo llevó a un lugar para que le ataran los tobillos y así evitar su desgracia. De aquí su nombre, Edipo, pies hinchados. Así nos había dejado Malva, con los pies hinchados, con los cuales sólo podemos alcanzar mínima velocidad. La misma que se utiliza para llegar a lo que ya está perdido.

26 Me costó trabajo saber en qué sala de espera estaba; si en la de los recuerdos, que es casi siempre, o en alguna de Berlín. Ernesto fue el que me

levantó. Me había quedado dormido en la sala de espera del hospital y cuando miré a mi falda Damka no estaba. Una enfermera llevaba a Ernesto en una silla de ruedas con la pierna completamente escayolada.

—No será nada grave, al menos eso me dijeron. Caminaré un poco más lento, pero caminaré.

Mientras esperamos un taxi Ernesto me dijo que quería ir al Café Adler a desayunar. Ya estaba amaneciendo. Le dije que sí, que me queba cerca de allí. Llegamos al Café y nos acomodamos en una mesa cerca de la ventana. Afuera los escasos rayos del sol que anunciaba el amanecer dejaron ver los escombros del Checkpoint Charlie. Ernesto se paró con dificultad, sin dejar que lo ayudara, tomó las muletas y llegó hasta una consola para poner algo de música. Puso jazz. Mientras llegaba de nuevo a la mesa mire de nuevo hacia afuera y con el saxofón de fondo supe que ambos estábamos en el lugar donde quizás Malva nos quería ver.

—Nunca llegué a dormirme del todo con las dosis de la anestesia. Pero pensé mucho en Nakab. No tenía donde mirar y el cielo raso cuadriculado, bueno algo rectangular, me dieron lo suficiente para imaginarla conmigo jugando ajedrez, desnudita…

—Ernesto, por favor

—Perdón. Pero ya sé lo que voy a hacer. Y lo pensé bien. Voy a volver a Chile. Pero me llevaré a Nakab.

—Estás loco. La policía te buscará.

—Sí, pero entonces ya le habré dado lo mejor de su vida. Algo para recordar. No crees que después de todo, después de tanta mierda, no tengamos algún momento memorable para recordar. Para algo tienen que servir las estatuas, los heroes, la música y, sobre todo, el dolor. La felicidad se olvida, el dolor no. Se queda contigo y de esta puta vida uno no puede vengarse. Le haré pasar a Nakab el mejor momento de su vida.

—Y si no quiere, o simplemente Damka se opone —repliqué.

—Lo hará, no te preocupes.

—¿Y tu tesis?

—No me ha servido para nada en todos estos años. Es tarde cuando uno lo descubre, pero la academia te quita las ganas de vivir. Crees que es lo más importante en la vida y cuando sales a la calle a la gente no le importa. La vida sigue en el mismo lugar, insípida, caprichosa, pues es solo una. El mundo sigue su curso y uno quiere demostrarle a un panel que ha leído o que estás dispuesto a complacerlos. Luego te la pasas leyendo artículos estúpidos, teoría que nada ayuda. Y alguien te dice que eres especialista y entonces zas, no puedes leer nada más. Yo, como dijo Henry Miller, lo único que pido de la vida son unos cuantos libros, unos cuantos sueños y unos cuantos coños. Mi único problema es que elegí un coño de trece años… lo siento si te he decepcionado.

La música que puso Ernesto seguía sonando. Hubo un solo de saxofón.

—¿No te trae recuerdos de Malva? –le pregunté

—No —me dijo Ernesto.

Hizo silencio y lo escuché tararear el solo de saxofón. Pensé en aquello que había dicho el escritor peruano que se exilió aquí en Berlín, Julio Ramón Ribeyro, en *La tentación del fracaso*: «Un amigo es alguien que conoce la canción de tu corazón y puede cantarla cuando a ti ya se te ha olvidado la letra.» Aquella canción no tenía letra, como el olvido. Pero yo quise también tararear los arpegios del piano. Nos miramos y, con una sonrisa en la boca, de esas que se utilizan para que adivinemos una mentira, ambos reimos. Entre aquella larga risa me preguntaba si después de la caída del Muro alguien podría volver a decir mentiras.

TERCERA PARTE
EL GESTO DEL OLVIDO

208

1 Las últimas semanas que pasé en Berlín las dediqué
al oficio de sobrevivir la tregua que nos impone
la memoria. Pero el invierno, de alguna forma, se me
había adelantado. La nieve parecía arroparlo todo. Incluso
aquello que no existía. Y este parecía ser mi triste caso. El
poco alcohol que había comprado en uno de mis paseos
por Berlín Oriental, lejos de calentarme, despertaba una
vieja úlcera estomacal; una de esas úlceras imaginarias
que acostumbran nombrar los que quieren -como yo-
convertirse en escritor y alguien nos adelanta el gesto de
la burla. Pero esto no era lo único; también estaban los
estragos de mi cuenta bancaria, que cedía a los remilgos
del alquiler, la trasportación y la ropa para el frío. Y no
creo que lo que quedaba de comunismo en Berlín me

hubiera servido de algo. Siempre creí que todo lo que se
nos ha dicho sobre la ideología, la muerte y el amor es lo
que realmente nos hace seres inútiles, sustituibles y hasta
estúpidos. Cuando el Muro cayó, y comencé por aceptar
lo estúpido que había sido durante tanto tiempo, ya llevaba
casi tres meses en Berlín con poco dinero, enamorado
-por qué no aceptarlo- de una escultora muda, con tres
cuartillas en blanco de la novela que quería escribir y
un cuarto sin ventana al que la calefacción se le había
averiado. Pero perder, aunque fuera en el invierno y en
esta ciudad, no es tan sencillo como uno cree. Quedaba,
entonces, esta tentación de aferrarse a los gestos inútiles
para decir que se ha vivido.

Así que para hacer algo con la inutilidad que nos delega el frío, terminé intercambiando, especialmente en las noches más frías, mi cuartito sin ventana de la Friedrichstraße por uno con una buena vista: un pequeño lago congelado donde se reflejaba un cielo gris —de piel de ratón si se quiere— y abedules con nieve en las ramas. Un paraíso para esta feliz derrota. Pero el problema no era ése, sino que la vista pertenecía al cuarto de una clínica de comatosos, el mismo donde hace algunos años descansa el cuerpo de Gustave, el padre de Silencia. Después de todo, todas las ciudades necesitan mantener a los muertos y a los vivos en la misma actualización de lo imposible.

2 La clínica estaba localizada en el suroeste de Berlín, en el barrio de Grunewald. Formaba parte del Charité, el famoso hospital que fundó Federico Guillermo I de Prusia a raíz de la peste de 1727. El primero se construyó en el barrio de Mitte y otras tres sucursales entre el siglo XIX y XX. Pero cuando Alemania se dividió y construyeron el Muro, el edificio principal del Charité quedó relegado al Este y otros al Oeste, según me había dicho una enfermera que siempre me encontraba en el cambio de turno de las ocho de la noche, la misma que me trajo una pequeña mesa con ruedas para que trabajara, al menos para que borrara todo lo que había escrito, asunto que me halagaba, pues se

dice que Hemingway escribía de pie. Yo, al menos tengo una mesa con ruedas en la que me puedo desplazar sobre todo hacia el zafacón para desechar lo que he escrito. Allí, redacté algunas notas para mi disertación doctoral, inventé excusas para no ir al taller de Silencia y, bueno, tenía una ventana por donde mirar la nieve ocupar todo.

Muchas veces me pregunté qué rayos hacía yo allí. A veces pensaba que era la responsabilidad, la culpa o la pena lo que me llevaba a pasar horas frente a un comatoso que jamás conocería, a menos que despertara del coma -algo poco probable según las enfermeras. Además de la tentación de volvernos hombres sin atributos, la única familiaridad que nos unía (a Gustave y a mi) era Silencia y el vacío compartido: el ritmo de las gotas del suero, el laberinto de sondas llevando el orín, el plástico donde termina la excreta, el monitor que marca la línea de los latidos del corazón, y siempre el espacio de tiempo entre un latido y otro; el espacio de oxígeno entre una línea de orín que sale de las sondas mientras otro espera el peso de la gota de suero para hacer su entrada. En la cómoda el retrato de Gustav con Silencia en los hombros y detrás la torre de comunicación de la Alexanderplatz. Por la ventana, el lago congelado y, otra vez, la nieve con el silencio de blancas tinieblas que nada pueden decirnos. Pero lo más que me hacía estar allí era que había algo en Gustav que me arroja a lo insalvable. Aunque creo que realmente somos en la medida en que no podemos salvar.

Pero desde aquella tarde en que acompañé a Silencia a ver a su padre –hace ya más de un mes– supe que algo había cambiado. Mis visitas a su taller se habían vuelto algo monótonas. Había cierta frialdad a la que no lograba adaptarme. Parecíamos dos amantes desnudos en la nieve sin saber dónde acostarse o, aún peor, escogiendo los miembros que salvaríamos de la necrosis. Silencia ya no pasaba el mismo tiempo con mi ángel anfibio y al tibio atardecer de sus pezones apenas le llegaba mi saliva. Silencia ya casi no cerraba los ojos cuando yo casi no los podía dejar abiertos. Era como si el sexo o hacer el amor –a veces no sé en qué estriba tal diferencia– fuera el ensayo de una despedida que no tenía nada que ver con mi próxima partida. Aunque siempre he pensado que se hace el amor porque algo está roto, porque algo falta y jamás se recuperará. Y el día en que todo está en su lugar, se hace el amor para resquebrajarlo todo. Pero nunca le dije que me había enamorado –algo que sólo deben decir las manos y no las palabras– y que hacía poco tiempo la sentía algo distinta. No quise echarle la culpa al invierno. Una tentación no justificable para una berlinesa. Así que imaginé que podía ser aquella aparición repentina de Aleksei, el colega y amigo de Gustave.

Le pregunté varias veces cómo conoció a Aleksei, pero esta vez se acogió al silencio, no a la mudez. No hacía gestos, tampoco escribía, simplemente no contestaba a mis preguntas y seguía esculpiendo. Y cada vez que le preguntaba a Silencia cuándo iba a visitar a su padre la veía martillar más fuerte, sus ojos se humedecían y me miraba como disculpándose por no querer decir nada. Cuando lograba callarme volvía a su escultura, como si el dolor se volviera cada vez más generoso. Pensé que no era casualidad que cincelaba las alas de cera de Ícaro, la escultura que hacía para el concurso. Unas alas talladas en piedra es una buena razón para el silencio, cuando no para jamás alzar los pies del suelo, convocado por la ingravidez o por la inutilidad de la belleza.

3   Entonces se presentó, una vez más, el oficio disfrazado de tentación de no estar muerto y esperar algo, sobretodo si no se sabe qué es. Y hasta yo mismo me sorprendí preguntándole a las enfermeras por la lista de visitas. Cada vez que iba le preguntaba a las enfermeras si alguien más había visitado a Gustave en los momentos en que no estuve allí. Nadie. Sólo yo. A veces llegaba a mi cuartito o al taller de Silencia y pensaba que en ese momento Aleksei estaría llegando. Solo una vez regresé a toda velocidad y cuando llegué me di cuenta de que me acompañaban las mismas sombras de la ausencia: nadie había ido. En la lista de visitas de la habitación de Gustave sólo estaba mi nombre repetido. Y no contaré,

por pudor, cuántas veces. Una de las enfermeras me preguntó por qué había regresado tan rápido, si pasaba algo. Pero no supe qué contestarle.

La enfermera, que era algo cincuentona, entrada en carnes, de ojos intensos, pero negros, que se topaba siempre conmigo en sus turnos me dijo que desde que hago mis visitas a la clínica, Gustav ha mejorado mucho. Sonreí incrédulo, sin apartar la vista del libro que yo leía. Pero me vi obligado a dejarlo a un lado para escucharla.

—Lo conozco desde que entró a la clínica. Por esa época yo estaba igual que tú: no encontraba un lugar más familiar que el cuarto de un comatoso. Mi marido había muerto y no quería estar en casa sacando sus cosas o recordándolas. Basta con decir que, después de acabada la Segunda Guerra Mundial, a un oficial nazi se le hacía difícil deshacerse de sus ajuares militares. Así que allí están mirando el polvo, a menos que te interese un uniforme de un *SS Totenkopfverbände*, los encargados de, entre otras cosas, perseguir a los enemigos del Tercer Reich. Quizás ahora que venden recuerdos en cada esquina pueda venderlo a muy buen precio. Pero nada. Te decía que andaba igualita a ti sustituyendo a los vivos por un cuarto como este. Con el tiempo uno se encariña con los pacientes. No sé si es porque no hablan o porque hablan demasiado. A veces uno piensa que han dicho algo y cuando vuelves la mirada oyes un monitor dando la señal de que, al menos, los riñones o el corazón sirven para algo: para expulsar lo que ya no necesitas. A veces creo que hay una lengua no descubierta en la orina y hasta en el excremento. Fuera de lo que sabemos las enfermeras sobre el color de la inmundicia humana, tratamos a los pacientes, bueno a los comatosos, por lo que expulsan y créeme no son palabras.

»Es una pena, pero este chico es guapo y el coma no le ha sentado bien. Ahora tiene más canas y hace una semana su hija no viene a afeitarlo. Nunca me sé su nombre. Debe ser porque no habla. Sólo una vez la escuché murmurar. Hacía un gesto raro como si buscara las palabras pero de su boca sólo salía un murmullo casi silente. Y creo que tengo talento para describir los llantos. Pero este era distinto. Abrí un poco la puerta, sin embargo casi no lograba escuchar. Así que fui al cuarto donde están todos los monitores y prendí un micrófono que me permitía escuchar. Creo que decía algo así como «Todo es mi culpa». Pero no sé, eso lo dicen todos. La muerte tiene esa virtud, pero nosotros nunca la tendremos. Apenas sabemos actuar la culpa. Cuando fui al cuarto ya no estaba. Ella estuvo unos años sin volver. Así que también asumí su cuidado, aunque aquí no me pagan por eso. Así es fácil volverse de pronto familiar de ellos.

—En mi tiempo libre le leo pasajes de *La Montaña Mágica* de Thomas Mann a algunos comatosos. Imagino que la conoces. Me dijiste que escribes ¿no? Bueno, cualquiera que sea el caso, me gusta leerle a los pacientes. De hecho, ahí sentado con ese paisaje en la ventana tienes un parecido a Hans Castorp. Sobre todo porque es invierno. Quizás podrás hacerlo tú también. Toma, está un poco vieja, pero no impedirá que le leas algo. No importa la pronunciación; él no lo notará. Además, creo que es hora que dejes de leer ese librito que siempre tienes en las manos. ¿Cómo se titula? Ah, *Crónica de Berlín*. Tendré que leerlo en algún momento, pues a fin de cuentas yo nunca encuentro esta ciudad. O creo no encontrarla.

4 Quizás Carlota, como se llamaba la enfermera, tenía razón. Yo no era flemático, como le gusta a Thomas Mann, pero me parecía un poco a Hans Castorp cuando va a visitar a su primo Joachim Ziemssen, herido en una pierna en la Primera Guerra Mundial y con una enfermedad que nadie podía identificar. Si mal no me parecía, tenía al menos una vista panorámica un tanto parecida a aquella del momento en que Hans llega a aquella montaña donde está al Sanatorio Internacional de Berghof, en Suiza. Allí siempre está nevando todo el año. Comencé a leerle a Gustave. Sobre todo aquella parte en que Joachim le describe el lugar mientras caminan por el sendero donde tiran a los cadáveres cuando hay mucha nieve y los caminos son algo impracticables. Pero no pude más. Me sentía ridículo. Sé que los comatosos

oyen y les resulta beneficioso que les hablen. Pero no algo tan deprimente como esto. Cerré la novela y me acerqué a la ventana. Había nevado bastante. Lo suficiente para caminar con dificultad. El cielo…, bueno no había. Miré a Gustave, puse la novela en la cómoda y salí.

En el camino, sentado en la parte trasera de un taxi, comencé a recordar el tiempo que me tomó leer por primera vez *La Montaña Mágica*. Ahora aquella novela casi eterna, de más de mil cuartillas, se me revelaba dura y audaz, humana y deprimente. Pues a los enfermos del sanatorio les parece que Hans, el visitante, está en sus mejores condiciones para formar parte de aquella comunidad. De alguna forma, lo logran convencer para que se quede más tiempo de lo previsto. Pues allí la enfermedad es algo respetable y es lo que finalmente los hace seres con existencia, le decían. Hans se enamora de una de las enfermeras y sustituye su educación por unos seminarios que un doctor imparte sobre filosofía y medicina. Lo único que necesitamos: metafísica y carne. Hans se queda allí por siete años. Ve morir a casi todos y ve llegar a otros. Al final, el narrador no nos dice cuál fue el destino de Hans. Se escuchan los sonidos de una guerra y siguen llegando pacientes, rusos, armenios, irlandeses. A Hans le ha nacido barba y está enfermo. Aunque no sabe de qué. Pero el narrador interrumpe prorrogando la tragedia, y deja que el lector imagine el momento, cercano, en que el cuerpo Hans ruede por el camino de nieve por donde llegó. Pero no lo sabremos. Quizás tampoco sabré si Gustave despertará o se quedará en coma por más tiempo. Mejor así. El olvido se encargará de recordarlo.

Cuando llegué a mi cuartito y me di cuenta que todavía la calefacción estaba averiada. Llamé a la dueña y nadie me contestó. Me deslicé debajo de las sábanas, pero estaba muy frío y tenía el recuerdo de aquella novela deprimente. Así que volví a vestirme, bueno en realidad no me había quitado nada, y salí. Caminé como pude hasta el taller de Silencia. Me recibió como lo hizo desde que nos conocimos, con una triste sonrisa. Me duché esperando que me acompañara y cuando salí del baño ya estaba dormida. No la quise molestar y me acosté en el sillón, pues muchas veces la vi levantarse a pulir o a tallar poco después de que me acostaba. Frente al sofá estaba la escultura tapada con un manto, pero sobresalían las alas de Ícaro. Como Silencia me había tomado de modelo para la escultura, me pregunté cómo le haría el miembro: si se parecería a mi ángel anfibio para confirmar mi teoría de que Ícaro cae al mar debido a una erección involuntaria. Me levanté del sofá y miré la estatua. Imaginé la escultura en piedra en una Potsdamer Platz restaurada, a punto de volar y los espectadores mirando el miembro de Ícaro que finalmente debía tener la curvatura de mi ángel anfibio. Pensé en Silencia y las veces en que habíamos hecho el amor en este mismo sofá o las ocasiones en que posando para ella, sin ningún talento, terminaba con una erección, como ahora. Era una de esas que uno no puede controlar, de esas en que uno se pregunta, entonces ¿quién diablos es el que piensa: tú o yo? Bueno, ninguno. Me levanté, alcé la sábana que cubría la escultura y vi el miembro descansado, más bien dormido de Ícaro. Me decepcioné, pero para justificarme pensé que las esculturas no deben llevar el miembro como lo tengo ahora. ¿Quién dijo que la belleza y el deseo confluyen?

En ese momento Silencia encendió la luz y cruzó los brazos como preguntándose qué rayos hacía yo a medio vestir frente a la escultura midiendo mi ángel anfibio con el de Ícaro. Silencia rió. Estaba en ropa interior y, por supuesto, la erección continuó con latidos hacia arriba, como si pidiera agua, más bien humedad. Yo reí con pudor. Ella se acercó, me tomó de la mano y me llevó a su cuarto, me puso en la misma pose de Ícaro, (a punto de volar) se arrodilló y, convocado por la humedad y la piedra, ensalivó todo mi ángel anfibio. Después de todo hay cosas que nunca cambian.

5 El ruido de los picapedreros me despertó. Aunque tengo que aceptar que el martilleo no era tan fuerte como los primeros días de la caída. El Muro todavía yacía intacto, incólume, aunque algo escarbado. No sé si era el invierno o que la fiebre de llevarse un recuerdo se había calmado. O sólo era la política. Por

aquellos días los procesos de reunificación se vinieron abajo. Recuerdo que leí una noticia en la que el canciller Helmut Kohl se defendía a capa y espada de aquellos que lo acusaban de querer llevar a la RDA al capitalismo sin dejar nada del llamado comunismo, sólo por beneficios personales. Kohl respondió describiendo a sus detractores con muchas cualidades, pero no la de ser felices. «Ustedes, decía, prefieren estar preocupados y pasarse el tiempo pensando en lo que puede suceder y en los problemas que le esperan». Entonces vino el tapaboca final: Kohl sacó un pedazo del Muro que compró en uno de sus paseos por la RDA. Le había costado más que estar con una prostituta. Aunque eso no lo dijo. Y para colmo le habían hecho una prueba y resulta que el pedazo de Muro era falso. Nadie contestó. Ni siquiera yo cuando leí aquello, pues yo también había hecho lo mismo. En mi maleta yacía un pedazo de Muro que no sabía si era real o falso. No supe qué hacer: si dudar de la capacidad que tienen los ruinas de pertenecer al recuerdo, aunque no lo hayamos vivido, o acogerme a la tregua, como el viejo apretón de manos que nos impone la memoria: el olvido.

Cuando decidí levantarme me di cuenta que Silencia no estaba. Me había dejado una nota de que iba a estar fuera casi todo el día. Me vestí, desayuné y como quedaba una semana para mi partida quise localizar a Ernesto. No tenía teléfono y la dirección que me había dado no era muy clara: «Toma la línea 6 del U-Bahn

220

y te bajas en la estación del aeropuerto de Tempelhof frente a la Platz der Lufbrüke, la plaza del puente aéreo. A tu mano derecha te vas a encontrar el aeropuerto y a tu mano izquierda un conjunto de edificios bajos, de no más de tres pisos. Si te sientes perdido es que has llegado. Neuköln es así. Por lo menos si vives cerca del aeropuerto. Vivo en el último y tercer piso del edificio sin pintar que tiene algo de hollín. El peruano que vive conmigo dice que ese es el color de las despedidas.» Aún así quise experimentar. Pues mientras nada se busque algo se encuentra.

Tan pronto me bajé del Metro vi un edificio casi abandonado, entre edificios en mejor estado. El ruido de los aviones era insoportable y por eso la vivienda allí era un poco más barata. Siempre tuve la impresión de que los aviones hacen más ruido cuando despegan que cuando aterrizan. Y no me había equivocado. Subí las escaleras y llegué al último piso. Pasé por todas las puertas del corredor. No tenía el número, pero tampoco hacía falta. Paré ante una puerta abierta y le pregunté a alguien que leía en una silla debajo del marco de la puerta. No me fijé en el libro, así que le hablé en alemán. Pero él me contestó en español. Debía de ser el peruano, pues cuando me fijé vi que leía a Vargas Llosa con cierto aire de indignación que no sabría explicar. Me invitó a pasar y no quise hacerlo, aquello parecía una verdadera pocilga. El empapelado de las paredes, muy parecido al de mi cuartito, estaba cediendo a las goteras y a la humedad. En el suelo habían estibas de libros atestados de hollín y polvo, del cual fácilmente podía distinguir las capas como sucede con la nieve. Sacó la silla y se excusó: el peruano tenía la teoría de que el temblor del edificio cada vez que salía o aterrizaba un avión se sentía menos debajo del marco de la puerta. Y tenía algo de lógica. Pero cuando entré me di cuenta que la puerta estaba recostada en la pequeña sala. Asumí que no la habían arreglado por falta de plata y que hacían guardia frente a la puerta por turnos.

—Tú debes ser el escritor del que Ernesto me habló. ¿No?

Le iba a decir que no, pero había aprendido que siempre que me acusaran de ser escritor haría silencio. Si contestaba que sí me pedirían que les regalara un libro y yo no había publicado. Y si decía que no, me contaban su vida para que la pusiera en una novela, que era lo que intentaba, escribir. Pero el peruano interpretó mi silencio, junto a mi sonrisa irónica, como un cumplido. Entonces vino lo peor:

—Yo también escribo.

Y lo único que se me ocurrió decirle fue un pésame, pues la escritura en cierto sentido es eso: un ajuar funerario.

—Lo siento mucho —le dije.

Ernesto no estaba. El peruano me dijo que Ernesto debía estar en un bar jugando ajedrez. Me dio la dirección, pero antes de salir me preguntó si quería leer algo de lo que él había escrito. No me dejó contestarle cuando me dijo que escribía una novela defendiéndose de Vargas Llosa. Pues aseguraba que se había criado en su mismo barrio miraflorino y que fue él quien se robó los resultados del examen en la escuela de militares como ocurre en la novela de Vargas Llosa, *La ciudad y los perros*. Le dije que estaba bien, que la leería. Creo que se lo dije casi con los ojos cerrados para que no viera en mi hipocresía. Me dijo que esperara. Entró a un cuarto, pero decidí escapar. Cuando bajaba las escaleras lo escuché, pero apreté el paso.

Terminé entrando a todos los bares que encontré en mi camino hasta que di con Ernesto. Estaba con su pierna escayolada puesta encima de una silla y con la mirada imbuida, tratando de salir de un jaquemate, algo desesperado. Me vio llegar sin sorpresa, me dijo que pidiera lo que quisiera que él pagaba. Lo esperé mientras analizaba su jugada. Ernesto movía piezas menos el caballo. ¡La única pieza que puede pasar por encima de otras y sacar del camino a la reina y Ernesto decide no moverla! Algo así como si los troyanos hubieran escuchado los remilgos de Casandra cuando empujaban al cabayo de Troya, atestado de guerreros adentro. Disimula moviendo un peón para bloquear un jaque mate, pero deja el camino libre para que la reina de su contrincante avance, se coma al caballo y amenace de muerte al rey. Ernesto se deja ganar. Pensé que había hecho *La inmortal*, pero no. Sólo quiso hacer que su contrincante pensara que había fallado haciéndola. Se queda un rato mirando la jugada.

Después de un silencio, se levantó de la mesa, felicitó a su contrincante:

—Viejo, estás en tu día de suerte, pues ya no volveré a este lugar. Es todo tuyo.

Me abraza con dificultad y me dice:

—Tú también estás de suerte, compañero. Dejo Berlín. Regreso a Chile. Y lo bueno es que no voy solo. Nakab irá conmigo.

—¿Y Damka?

—Dio el visto bueno. Ella está más pendiente de su carrera que de su hija y antes de que se la quite el gobierno, me dijo que prefería que se quedara conmigo. Damka podría ir a Santiago los inviernos y los veranos. Todo fue verbal. Pero no hay nada de malo en ello. Ah, y no se te ocurra darme sermones. Sé que es una adolescente, pero estamos completamente enamorados.

—¿Qué carajo harás cuando tengas más edad o cuando ella se enamore de un chico de su edad?

—Siempre has parecido un jodio padre de mierda. Esa parece ser la condición de los que no tienen padre, ser el padre de los demás. Y ya que estás en esas me puedes despedir. Recogemos a Nakab y luego venimos acá. Yo no tendré que hacer mucho, quizás cruzar la calle. El vuelo sale a las diez de la mañana. No hay vuelta atrás.

Es ahora o nunca. Además, acabo de perder un partido.

No pude más. Quise irme, pero antes Ernesto me hizo prometer que, al menos, iría a despedirme. Le dije que sí. De hecho creo que era lo único que sabía hacer.

6 Tomé el Metro de regreso. Subí al taller de Silencia, pero no estaba. Cuando estaba ya casi al final de la Friedrichstraße, cerca de mi cuartito paré un taxi y, sin dejarme hablar, el taxista me preguntó si quería ir a la clínica. Me había vuelto predecible. Miré el espejo retrovisor y vi sus ojos reflejados: era uno de los taxistas que me había llevado varias veces. Le dije que sí.

Al llegar y mirar la lista de visitas me di cuenta de que aquello se estaba convirtiendo en una obsesión. Subí, saludé a Gustave; ya lo hacía por necesidad o por dignidad. No sé. Fue entonces cuando llegó Aleksei. No lo vi entrar pensando que era una de las enfermeras. Pero en el cristal vi su reflejo. Tenía un abrigo grueso y estaba algo mojado. Le di una toalla. Se secó y, antes de sentarse puso una foto de ambos en la cómoda. Luego se sentó frente a Gustave. Le pasó la mano por el cabello y me preguntó por Slavenka. Me costó trabajo acordarme que ese era el nombre de Silencia. Sin dejarme hablar me dijo que entendía por qué no quería verlo. Aunque debo ser yo quien no la quiere ver jamás, dijo. Se levantó, se quitó el abrigo, miró la foto en la cómoda y, casi sin dejar de mirar la foto, comenzó a hablar.

—Desde que conocí a Gustav siempre soñamos con enamorarnos de gemelas. Y en cierto sentido lo hicimos. Sólo que una semana después de conocer a las gemelas, Fenitschka y Nievska, cuando nos volvimos a encontrar para salir en parejas, Nievska –la que a mí me había gustado– había muerto. Gustav terminó con Fenitschka y no lo culpo. Hicieron química desde el principio. Yo terminé por enamorarme de una gemela que hubiera perdido su hermana. Suena extraño, pero así es. Hay un aire de melancolía y venganza que queda en los ojos de quien pierde a su hermana gemela. Podrá sonar cruel, pero ante mi mala suerte con las mujeres –y no creo que sea por feo– tenía que adelantar un paso. Y cuando al fin conocí a una gemela que perdió a su hermana en un accidente y me enseñó una foto junto a su hermana cometí un grave error: le dije que su hermana muerta era muy bonita. No pensaba decirlo, pero ella me preguntó cuál de las dos era más guapa. Pero la vanidad que viene con la franqueza me dejó sin nada. Bueno, al menos, con el recuerdo de una bofetada, pues después que me dijo que no quería volverme a ver más –y era la primera vez– le pregunté si podía quedarme con la foto. Y lo demás te lo podrás imaginar.

—No sé ni por qué te digo esto, pero hace tiempo no hablaba con nadie. Una semana antes de que el Muro se viniera abajo terminé una condena de seis años por traición. Tuve que jurar por el eterno comunismo de Berlín Oriental. Ahora no es más que una broma. Al menos, Gustave tuvo mejor suerte que yo, pues aquí las enfermeras son guapas, ¿no crees? Gustave tiene suerte. No ha tenido que vivir nada de esto, pero creo que tuvo suficiente. Era calculador no sé si porque perdió a sus padres en un bombardeo o porque le gustaba la matemática. Siempre dijo que matemáticamente era imposible que una bomba cayera dos veces en el mismo sitio. Cuando sonó la alarma y se acercaron los aliados a bombardear Berlín trató de convencer a sus padres de que salieran de la casa y se metieran en un hoyo que había en su patio donde había caído una bomba hacía dos días. Sus padres lo subestimaron y los vio morir aplastados por una columna de concreto. Siempre lo contaba con ironía y con rabia. En cambio, yo había tenido la desgracia de que mi madrastra sobreviviera. Nunca conocí a mi madre, pero mi madrastra quiso ocupar su lugar y la odié por eso. Lo que nunca se recuperará se olvida o se recuerda lejano, imposible, hasta con cierta vanidad. Mi padre era un exitoso caza nazis y antes de que el Muro quedara dividido lo vi falsificar documentos con tal de acusar a cualquiera de un falso pasado. Bueno, a fin de cuentas el pasado siempre es falso, aunque eso no quiere decir que no haya sido real. Después de todo, yo terminé haciendo casi lo mismo que hacía mi padre, sólo que no en el KGB, sino en la escuela de la Stasi en Postdamer-Eiche, donde finalmente conocía a Gustav.

»Además de soñar con enamorarnos de gemelas también quisimos convertirnos en grandes espías. Uno de los ejercicios que llegamos a hacer fue intentar levantar un expediente por nuestra cuenta de Bertold Brecht. El dramaturgo había vuelto del exilio y se instaló en Berlín Oriental con su esposa Helene Weigel en 1948 para dirigir el famoso Deutches Theater. No teníamos nada en contra de Brecht y de hecho yo había ensayado una línea de *Baal*, su primera obra, para conquistar, dada mi mala suerte con las mujeres: «¿Sabes siquiera cómo me llamo?», dice Sofía, a lo que Baal responde: «Debes olvidarlo (y ahí es que yo la abrazo). Ahora perteneces al viento». Pero con eso me quedaba, con el viento de su huida. Brecht y su teatro épico era maravilloso, sobre todo en aquel tiempo, pero ya sabíamos que lo investigaban. Corrían comentarios de que no valía la pena audicionar para el papel de Antígona que preparaba porque ya Maria Eich, su supuesta amante, había conseguido el papel. Pero queríamos otra perspectiva. Así que, después de clase, nos dirigíamos al Deutches Theater. Fue entonces que apareció Fenitschka para audicionar. Gustav se enamoró perdidamente de ella y no era para menos. Era bajita, raro para una berlinesa de padres ucranianos. Buen pecho, piernas y muslos bien formados, rubia y de ojos claros. Era bailarina y contorsionista así que te podrás imaginar el cuerpo que tenía. Gustav abandonó la investigación. Se peleó con el antiguo novio de Fenitschka, un tal

Pávolov que, para nuestra mala suerte, terminó teniendo un gran puesto en la Stasi. Yo me enfurecí por abandonar la investigación. Pero lo entendí mejor cuando me dijo que Fenitschka tenía una hermana gemela. Pero ya te he dicho lo que me pasa con las gemelas.

—Después de la muerte de Nievska -a la que sólo pude ver una vez-, las cosas cambiaron un poco. La obra fue todo un éxito, aunque Fenitschka sólo logró conseguir un papel en el coro que le recuerda a Antígona sus desatinos. Yo seguí mis estudios y terminé especializándome en ingeniería fotográfica. No pongas esa cara. Yo soy el responsable de las cámaras de botón: una cámara para espías que se colocaba detrás de cualquier botón de un abrigo o camisa. A Gustav no le quedó otro remedio que especializarse en microfonía, es decir aquellos que van a tu casa sin decirte nada y colocan un micrófono. Pero lo malo era que había que perder noches enteras esperando a que sucediera algo. Yo continué con mi soltería y Gustav y Fenitschka en su idilio de amor. Nos mudamos cerca el uno del otro. Así estuvimos mucho tiempo. Después llegó Slavenka. Fenitschka perdió su empleo por culpa del embarazo y terminó trabajando para un circo haciendo actos de contorsionismo. Como era yo el soltero, casi siempre me quedaba con Slavenka. Y muchas veces la llevé para que viera a su madre doblarse, poner su cara en los tobillos, subirse a un elefante y balancear su cuerpo en una sola mano sin caerse o meterse en una maleta sin ningún problema. Gustav debía tener una vida sexual interesante. Éramos una buena familia, por decirlo así, hasta que Slavenka creció y se enamorara de mi. Al principio pensé que sería algo normal, de esos amores de niñas que se enamoran de sus tíos o alguien cercano. Pero después vino lo peor.

»De pequeña siempre tuvo habilidad para la escultura y cuando la buscaba a la escuela me regalaba pequeñas estatuillas en madera o en barro. De hecho, todavía guardo algunas. Pero con el tiempo la cosa empeoró. Me celaba si sabía que tenía una novia y hasta se molestaba conmigo si no me quedaba a dormir. Yo estaba algo asustado y se lo comenté a Gustav. La cosa se tranquilizó, aunque ella seguía enviándome estatuillas. Para que dejara de hacer estatuillas de Lenin le compré varios libros con fotos de esculturas de Rodin. Cuando Slavenka cumplió quince años le regalé un estuche con espátulas, cinceles y herramientas para tallar. Entonces, se complicó todo. Pensó que le estaba correspondiendo su amor. Me sentía agobiado y sabía que los amores no correspondidos son los peores. Así que me cuidé. Pero un día me encontré una estatuilla en mi buzón de mi pene. Slavenka había captado al detalle mi miembro. Comencé a hacer memoria dónde me pudo haber visto hasta que recordé que en una ocasión ella entró al baño de improviso y fingió que había sido un accidente. Yo salía de la bañera.

»Pero me había equivocado. Slavenka había tomado a escondidas algunas de las cámaras que yo había dejado en casa de Gustav y me había fotografiado en los momentos menos pensados. Lo supe cuando comenzó a enviarme las fotos. Me había tomado desnudo mientras dormía, riendo en la mesa, saliendo de su casa; en todas las poses y momentos que puedas imaginarte. Me enfurecí. Llegué a gritarle, le supliqué que me dejara tranquilo, que yo no estaba y nunca estaría enamorado de ella. Estuvo sin hablarme y sin verme casi tres meses. Yo casi no iba a visitar a Gustav y tampoco ellos encontraban la forma para invitarme dado lo sucedido. Lo que le molestó a Slavenka fue que le dijera que no estaba enamorado de ella. Fue entonces cuando intentó probarlo. Gustav la castigó, le quitó todos los privilegios, pero nada funcionó. Sólo era una coartada, pues Slavenka preparaba una venganza, bastante vil, de hecho. Ya que no pudo esculpir por mucho tiempo se las ingenió y puso su talento en función de su nuevo paso. Me envió nuevas fotos, esta vez comprometedoras: Slavenka tomó fotos de Fenitschka y yo lo bastante cerca como para insinuar que éramos amantes. Una foto de ambos tomada desde abajo mientras la saludaba con un beso en la mejilla. Pero la cámara desde el botón de una camisa de una niña con la estatura que uno alcanza a los quince años puede malinterpretarse. Y así fue. Slavenka inventó un amorío entre Fenitschka y yo. Ambos lo negamos, pero nuestro gusto por las gemelas, el tiempo que pasábamos juntos, las veces en que sustituí la presencia de Gustav mientras trabajaba me hundieron. Gustav no sabía a quién creerle. Slavenka me dijo que no se retractaría. Fenitschka estaba destruida. Slavenka envió anónimamente todas las fotos que me había tomado, hasta en las que aparecía desnudo a las oficinas de la Stasi y me acusaron de utilizar el servicio secreto para uso personal, como si todos los compañeros no lo hubieran hecho. Qué rayos tiene que ver esto con traición, no sé, pero es la mejor forma de condenar a alguien que vive en un país comunista, al menos lo que queda de él.

»Gustav, confundido, decidió huir. No sólo por lo de Slavenka, sino que se sentía culpable por todo lo que ella había causado. Aunque sé que siempre tuvo la sospecha de que yo era inocente. En un principio fue mejor así, pues los setenta no fue una década buena ni para la Unión Soviética ni para Berlín Occidental. Pero vino lo peor.

»El día en que me declararon culpable Gustav, Slavenka y Fenitschka decidieron escapar por uno de los puestos de control del barrio Mitte, muy cerca de donde está el primer edificio del Charité. En el cambio de turno de la media noche consiguieron un auto de la Stasi y Fenitschka se iba a esconder debajo de un asiento y respiraría por un pequeño hoyo que le habían hecho al asiento. Si cabía en una maleta lo podría hacer sin problemas. Todo estaba arreglado: Gustav pasaría con Slavenka en la parte de atrás y si lo paraban él diría que quería enseñarle a su hija algo de Berlín Occidental. Muchos oficiales de la Stasi lo hacían. Había todo un mercado negro entre los oficiales. Y así fue. A la hora de cambio de turno Gustav hizo lo planeado. Pasó y no tuvo ni siquiera que pararse, pues el único oficial que quedaba estaba algo ocupado con una prostituta que ensalivaba su miembro. Slavenka lo vio y se rodó hasta el cristal para verlo. Gustave la vio por el retrovisor y le pidió que sacara la cara del cristal. Ella no hizo caso. Había pasado lo peor. Cuando pararon cerca del hotel donde iban a pasar la noche, Gustav llamó a Fenitchka con contentura, pero no contestó. Fue entonces que Slavenka se dio cuenta de que al rodarse hacia el cristal tapó el hoyo por donde respiraba su madre. Levantaron la tapa del asiento y, efectivamente, Fenitchka estaba muerta. No podían hacer nada, Fenitschka tenía los ojos abiertos y estaba pálida. Slavenka intentó decir algo, pero perdió la voz, no salía nada por su boca. Comenzó a golpear a su madre para que se levantara, pero nada. Gustav gritaba, la abofeteaba y le reprochaba. Slavenka había olvidado que no podía moverse. Un pequeño olvido.

7 Ahora todo se aclaraba. O más bien se nublaba. Salí de la clínica algo derrotado. Me había dedicado a la tregua de la memoria y terminé con un recuerdo que no me pertenecía. ¿Acaso eso no es lo único que podemos hacer: dar la memoria y jamás el olvido? No sabía qué hacer con lo que ahora sabía. De hecho, comprendí que nunca he sabido qué hacer con lo que creo que sé. Silencia había arruinado a su familia y a Aleksei. Me dio lástima y rabia. Pedí un taxi y cuando me senté en la parte trasera noté que el asiento tenía un roto. Se veía el cojín. Pero no era muy profundo. Recordé aquel olvido de Silencia. Me aparté, como si fuera a quitarle la respiración a alguien que yacía allí debajo. Puse la mano encima. El taxista me miró y me dijo que necesitaba un taxi nuevo. Yo le dije que estaba mejor así.

Me pregunté –aunque creo que no me correspondía preguntármelo– por qué Silencia decidió sobrevivir a todo ésto; por qué no se había suicidado. Recordé el gesto que hacía cuando olvidaba algo. Pero era más que eso. Un gesto cargado de culpa y de recuerdo como le sucede a Ana Karénina, la heroína de Tolstoi, antes de tirarse a las vías del tren. No sé por qué, yo siempre prefería a Ana sobre Madame Bovary. Ambas son infieles: Madame Bovary merecía el suicidio, pero Ana Karénina no. ¿Por qué? Flaubert todavía sigue al lado de la tragedia, pero Tolstoi se aleja. Madame Bovary termina con la muerte de su heroína, Ana Karénina muere y la novela continúa. La primera recurre a la culpa, la segunda al recuerdo. Emma Bovary se suicida porque no puede aceptar el daño que ha hecho y sabe que no puede volver atrás. Pero Ana Karénina tenía todas las posibilidades de reencontrarse con su amante y cuando oye los rieles del tren que se acerca recuerda que el día en que conoció a Vronsky alguien se había tirado a las vías. Y cuando Ana saca la vista del cadáver se encuentra con el rostro de Vronsky. Me gusta pensar que Ana recurre al recuerdo, mientras que Bovary al presente. Y quien recurre al pasado, al recuerdo, termina con el gesto del olvido.

Subí las escaleras y cuando llegué a la puerta me di cuenta de que estaba entreabierta. La abrí y me encontré en el suelo con un pedazo de escultura. Imaginé lo peor, pero pronto me di cuenta de que habían pedazos de esculturas formando un camino hasta llegar a donde estaba Silencia: un brazo y varios pliegues de un ángel caído frente a la puerta, pedazos de coronas de hojas de laurel en el corredor, espadas rotas, cruces rotas frente a la cocina, estrellas de David sin puntas hacia el pasillo que lleva a la sala, un ala que no tenía arreglo y al final ella, en un cielo de pompas fúnebres como las tablas de Moisés rotas en el suelo y, en vez de mandamientos, epitafios, nombres y fechas. Pensé en el epitafio que Rilke escribió poco días antes de morir de leucemia en Suiza: *Rosa, contradicción pura, placer / de no ser sueño de nadie entre tantos / párpados.*

Silencia tenía las nalgas en alzada, y su culo era un nido de arrugas ya no rosadas, sino de un óxido maduro. Su sexo relucía como nunca; vertical, por supuesto. Sus senos rozando el suelo, sus rodillas encima de dos pompas fúnebres, la cabeza volteada mirándome, sus hebillas puestas, su pelo negro y muerto, sus ojos entre el cabello de su pollina, su muslos bien torneados con medias negras que descansaban en un encaje a mitad de sus muslos.

Todavía tenía la imagen de Silencia a los quince años, pero me desnudé lo más rápido que pude y tan pronto sentí que mi ángel anfibio se adentraba sin rumbo entre aquellos dos hemisferios partidos por la mitad, quise concentrarme para no eyacular. Así que me arrodillé y comencé a ensalivar el camino. Así se debió haber sentido Colón cuando llegó a América, dos hemisferios frente a la cara con calor y salitre. Me levanté y puse las manos en su cintura, acaricié su espalda, -cosas que no podía hacer con Milena pues me decía que era un sentimental. Mis dedos llegaron hasta su boca y como un fósforo que lleva fuego a la punta de un cigarrillo, llevé mis dedos humedecidos con su saliva hasta sus pezones y terminé haciendo círculos de saliva alrededor de sus pezones como si pasara mis manos por los anillos de Júpiter. Poco a poco adentraba mi ángel anfibio por su sexo, pero tenía que buscar otra forma para no eyacular, aunque tenía suficiente con lo que Alexei me había dicho.

Con las manos en la cintura comencé a mover

236

mi pelvis hacia delante y hacia atrás leyendo los nombres de las pompas fúnebres que nos rodeaban. Jünger con un epitafio en hebreo que no logré entender. «Por tu labor y valor», pude traducir. Sobre la espalda de Silencia caían gotas de sudor que yo mismo limpiaba. «Por tu tenacidad...», decía en otra. Silencia me agarraba las manos para que tomara sus pezones erectos. «Siempre te recordaremos». Pero Silencia estiró su mano entre sus piernas, subió por su sexo, lo frotó hasta que consiguió tocar mi ángel anfibio, a punto de un milagro, de esos milagros vaporosos, quizás fantasmales. Lo tomó y lo llevó por encima de su sexo hasta llegar a su culo. Entonces entendí. Expandí sus nalgas, sin mucho esfuerzo, como debió hacer Dios cuando creo los dos hemisferios. Silencia trajo saliva con su mano y me ayudó a expandir su recinto. Primero metió su dedo pulgar y dilató. Tomó mi ángel anfibio y lo acercó. Deslicé la punta suave. Y logré, al menos, meter la cabeza de mi ángel anfibio. Pero al sentir el calor, mi ángel respondió y eyaculé. Cayó encima de aquellas arrugas; al principio fue una telaraña y luego un hilo grueso que fue bajando con sigilo cada arruga, obedeciendo a la gravedad o al abismo. No sé. A veces tiende a ir hacia el mismo lado. Pero Silencia frotó el semen con sus dedos y volvió a conducirlo con insistencia. Al fin lo logré. Creo que ella se corrió tan pronto entró, algo que me agradó, pues casi gime. Casi. Comencé a mover las caderas hacia al frente y hacia atrás

con cuidado, pero después tomé velocidad. De esa en la
que no hay nada que perder y si se pierde nada importa.
Me movía con rabia; no sabía si era de castigo, de placer
o de rabia por lo que ella le había hecho a su padre, a su
madre y a Aleksei. Pero yo no era, no sería nunca quién
para castigarla. Continué moviéndome con velocidad
y hasta puso gesto de queja, pues la había dado varias
nalgadas. Entonces eyaculé adentro. Pero tuve miedo de
que mi ángel anfibio saliera sucio. Ella tenía una sonrisa
placentera, yo no sé si de miedo. Recordé la escena del
maíz con Eva Garcés. No podía suceder esta vez. Aunque
Silencia no se iría corriendo. Silencia me miró para que
finalmente lo sacara y yo cerré los ojos para que no se
diera cuenta de que no quería mirar. Me calmé, respiré
hondo, sin dejar de mover las caderas y recordé un verso
de W.B. Yeats: Love has pitched his mansion in the place
of excrement.

Entonces, nada. Estaba limpio, reluciente, quizás
brilloso y fantasmal. Silencia me tomó de la mano y
fuimos hasta el baño y nos duchamos. Estaba callado.
Sentía pudor, algo que ni siquiera me había pasado
con Milena. Silencia hizo gestos preguntándome qué
me pasaba. Y le confesé que había estado visitando a su
padre. No era el mejor momento. Lo sé. Ella hizo un
gesto; siempre lo supo. Se viró y me dio el jabón para
que le lavara la espalda. Esperó a que el agua subiera, se
arrodilló y se sumergió en el agua. Recordé que cuando

Ana Karénina oye el tren que trae su muerte segura, dice Tolstoi, que «un sentimiento se apoderó de ella, similar al que había tenido cuando fue a bañarse un día y ella se disponía a sambullirse en el agua». Pero Silencia salió de la superficie del agua como si nada y comenzó a enjabonarse las manos y comenzó a limpiar mi ángel anfibio con el mismo talento que tallaba.

8 Dos días después, como le había prometido a Ernesto, tomé el Metro hasta su casa para acompañarlo a buscar a Nakab. Me bajé en la estación que queda frente al aeropuerto de Tempelhof y caminé venciendo la nieve. Bueno, en realidad me mordía los codos de frío. Subí deseando no encontrarme de nuevo al peruano y, efectivamente, no estaba. La puerta estaba abierta. Bueno, estaba adentro y debajo del umbral la silla donde debía estar el amigo de Ernesto. Lo llamé, pero no me contestó. Entré. Miré los libros en estibas en el suelo. Vi en una maquinilla con papel listo para escribir. Pero estaba en blanco. Podía ser de la novela del peruano o de Ernesto. Me dieron ganas de orinar y cuando entré al baño que, al menos, tenía puerta, me encontré el cuerpo de Ernesto en la bañera: se había cortado las venas. El agua había tomado el color de la sangre. Ernesto tenía los ojos abiertos, mirando al cielo raso, de donde caía una gotera. Me sentí culpable. Como sucede ante los suicidas:

le pasan su culpabilidad a los demás con la facilidad que el agua toma el color de la sangre. Lo volví a mirar, me levanté, me acerqué y le cerré los ojos. Era lo único que podía hacer.

Me senté en el retrete y comencé a llorar. Lo maldije. Después que había logrado llevarse a Nakab ahora la abandonaba. Pero Ernesto siempre me dijo que jamás volvería a Chile. Volví a maldecirlo, hasta el mismo día en que lo conocí, como hizo Edipo: maldecir desde la persona que lo había rescatado de una muerte en su niñez hasta aquellos que procuraban por el rey, por el tirano, para purificar a Tebas de una peste. El exilio es una bañera atestada de sangre. Pensé. Al rato, el peruano llegó con la policía. Me hicieron preguntas. Pero me tocó lo peor: ir a casa de Laika y Damka a darle la noticia a Nakab. De camino no sabía si cerrar o abrir los ojos, ya se los había cerrado a Ernesto. Donde quiera que miraba me encontraba con la imagen de Ernesto con las venas abiertas y la bañera llena de agua y sangre. No sé por qué terminé recordando a mi madre y su mirada.

El día después que mi padre me visitara mi madre me trajo un juguete que compró en un supermercado. Era un nadador de cuerda. Mientras todos los niños recuerdan ese día en te regalan el juguete que tanto ansiaron, yo recordaba un juguete roto. Pues no me gustó y lo tiré al suelo con todas mis fuerzas. Estábamos en el baño y mi madre había llenado la bañera para que lo probáramos. Pero yo lo había arruinado. El juguete era de plástico, pero aún así quedó en tres piezas: los brazos se le salieron del tronco. Yo miré a mi madre arrepentido y comencé a llorar. Ella recogió las piezas con una mirada de resignación e intentó arreglarlo. Puso un brazo y yo reí. «Todo tiene arreglo», me dijo. Cuando intentó poner el otro no sé cómo, pero se cortó el dedo. Parece que al tirarlo rompí algo del mecanismo de adentro y eso le había hecho una cortadura boba en el dedo de mi madre. Ella estaba sentada en la bañera y varias gotas cayeron al agua empozada. Me dijo que no era nada. Se chupó el dedo y continuó con el nadador hasta que lo arregló. Cuando le dimos cuerda y lo puso en el agua nos dimos cuenta que sólo funcionaba un brazo. Mi madre lo sacó del agua, le dio cuerdas de nuevo y nada. Todavía su dedo sangraba y fue al botiquín para ponerse una venda. Yo miré al nadador intentando nadar con un brazo, pero se hundía. Mi madre se sentó de nuevo encima de la bañera con el dedo vendado y miramos al nadador muy cerca de la mancha de sangre que había quedado en el agua. Bueno, no todo tiene arreglo. Me dio un abrazo y yo quedé encima de su hombro mirando al nadador con un solo brazo hasta que se le acabó la cuerda. En cierto sentido así había terminado yo, un nadador con un solo brazo que había recorrido una distancia, la suficiente para no poder salvar a nadie. A nadie.

9 Decidimos cremarlo. Me hicieron firmar declaraciones juradas como el familiar o amigo más cercano. Se hizo una pequeña ceremonia ante su cuerpo en una funeraria al norte de Berlín. Allí estaban Laika, Damka, el peruano, Nakab, el polaco y Silencia. Mientras esperábamos que llegara el cuerpo vi al cuidador del zoológico, el mismo que yo amenazara de muerte con una rama seca. Laika me lo presentó, él me extendió su mano y sonrió. Al rato llegó el cuerpo. Todos pusimos cara de culpa. Era inevitable. Eso sí, Ernesto fue un suicida verdadero, no como aquellos que lo anuncian. Y eso era lo peor. Los que estábamos ante su cuerpo, maquillado y sin la sangre que había derramado nos preguntamos qué no hicimos, qué no interpretamos como indicio de un suicidio.

No hubo ceremonia religiosa. Todo sucedió como debió ser; arrojar una última y triste mirada a Ernesto. Nakab miró a su madre con su ojo virado de donde salían lágrimas, se quitó su gargantilla, se acercó al ataúd, y se lo puso en el cuello al cuerpo de Ernesto, quizás para que se fundiera y se mezclara con sus cenizas. Laika echó el ramo de flores que él llevó el día de la fiesta, ya secas, muertas. Qué mejor regalo para un muerto que flores muertas; algo que no insulta su muerte con vida. Damka, también se acercó y sacó de su bolso la película en VHS que la hiciera famosa: *Gute Natch Lenin*. El peruano se

242

acercó con una mochila, sacó un manuscrito, echó su
novela y dijo:

—Lo prometido es deuda, amigo, voy a quemar la
novela como me lo habías pedido.

A veces hay que quemar unos cuantos manuscritos
para poder escribir. La puso y se alejó. Yo me acerqué
sin nada que echarle. Me di cuenta que la película que
Damka puso ya no estaba. Miré al peruano y me cambió
la vista. Lloré y recordé aquello que escribiera el peruano
Julio Ramón Ribeyro: «Un amigo es alguien que conoce
la canción de tu corazón y puede cantarla cuando a ti
ya se te ha olvidado la letra.» Intenté recordar la tonada
del saxofón de Parker tocando *East of the sun and West
of the Moon*. Pero no pude. Me alejé y dos empleados
de la funeraria cerraron el ataúd. Mientras veía cómo
se llevaban el ataúd recordé que aquel día en que
encontramos el feto abortado de Malva Ernesto y yo
juntamos dinero y contratamos a un ebanista para que
hiciera un ataúd para un feto de tres o cuatro meses.
Lo enterramos en el patio de la que fuera la casa de mi
madre en el Condado. Mientras mirábamos aquel ataúd
diminuto llegaron Aníbal y su novia, Hirochima. Anibal
contó que los habían echado de la universidad de por
vida por culpa de la huelga. Nos miramos sin saber qué
decir y, como no teníamos herramientas, comenzamos
a hacer un hoyo en la tierra. Cuando terminamos nos

miramos las manos sucias de tierra fresca. Ernesto lloró como nunca, nos miró a todos, y a mí me pasó la mano por la cara y me la llenó de tierra y me dijo: Y ahora ¿en qué carajo voy a creer?

10 Varios días después llegó el día de mi partida. Por la mañana recogí mi cuartito, hice mis maletas y dudé una vez más si aquel pedazo del Muro que había comprado era real. Hice espacio en la maleta; me podía servir de pisapapeles, aunque no hiciera viento. Mejor así, pues resaltará su inutilidad. Lo que sí no me cabría en la maleta, hablando de cosas inútiles, eran las cenizas de Ernesto. Nakab había decidido por mí que yo me debía quedar con ellas. La urna era horrible, Ernesto se hubiera reído, pero me las tuve que llevar. Me despedí de la dueña, le dejé el último pago, aunque ella me devolvió el mes de adelanto que le había dado. Cuando iba a bajar las escaleras la dueña del cuartito me dijo que tenía una urna más bonita donde podía echar las cenizas; todo por haberle echo el favor de no suicidarme en su cuartito. Me asomé a su apartamento y vi las cuatro urnas de sus maridos. Creo que fue peor, entonces parecía un homosexual cargando una urna con cara de jarrón que igual podía servir para flores. Me resigné y le hablé a las cenizas de Ernesto y le dije que cuando llegara le compraría un jarrón de imitación griega que tuviera algún dibujo de esos que hacían los griegos en las vasijas. Mejor si tuviera a Edipo consultando la Esfinge.

Con mis maletas y la urna caminé hasta el Café Adler para tomarme un último café. Me senté muy cerca de un señor algo mayor que leía. Me llamó la atención, pues leía *Antígona* de Sófocles. Cuando el señor de pelo canoso y calvo miró el reloj y subió la mirada me di cuenta de quién era: el violonchelista Mstislav Rostrópovich. Lo saludé con la mirada y él sonrió. Recordé aquella vez que fue a tocar a Puerto Rico en el festival Casals hace unos años y cuando publicó aquella carta en defensa del escritor ruso Aleksander Solzhenitsky censurado en la Unión Soviética por su novela *Agosto, 1914*. Me preguntó que si yo era periodista. Le dije que no y suspiró. Lo tenían loco en Berlín. Lo perseguían para que dijera algo sobre la caída del Muro… y ya que se puede decir, dijo con ironía.

—Ahora es fácil decirlo. Pero antes, cuando alojé en mi casa a Solzhenitsky y tuve que escapar no me molestaban tanto. No sé si era que el llamado «Occidente» estaba acostumbrado a que intelectuales artistas y músicos terminaran haciendo lo que yo hice. Aunque aquello de alojar a un «traidor» en mi casa causó algo de revuelo. Todo por una novela. Parece una broma, ¿no? Ahora cuando no hay tragedia es fácil decir cualquier cosa. Le diría a esos periodistas que en ves de escucharme -algo que puede ser un ejercicio fútil, pues yo no sé en qué piensan cuando toco- les diría que leyeran tragedia griega, sobre todo *Antígona*. Piensa en esto –me dijo Rostrópovich– Creón y Antígona pregonan verdades parciales y sostenibles. Ninguno está dispuesto a entregarse, pero ambos se sienten culpables, que es, según Hegel, el único orgullo que le queda al héroe trágico. Antígona quiere enterrar el cadáver de Ismena y Creón no lo permite, pues piensa que cada cual, en la ciudad, debe domar sus pasiones, aunque todos sabemos que es por venganza de aquellos que le hicieron el camino difícil. Después de que Antígona muere, Creón decide, por la culpabilidad, no volver a ver un amanecer. Al menos en Creón y en la tragedia griega, desde Sófocles hasta Eurípides hay una forma de honrar al enemigo. Pero Hitler y Stalin nos arrebataron la tragedia, es decir a la tragedia se le quitó lo trágico. Pues lo trágico no es otra cosa que el develamiento a destiempo de la estúpida carrera del humano por la verdad. Pero ahora entre Berlín Oriental y Berlín Occidental no hay culpabilidad posible, tampoco hay tragedia. Lo peor de todo esto es que después de que tuve que huir de mi país, me quitaran la ciudadanía y me llamaran traidor. Ahora todo va a quedar en el olvido. Un olvido sin culpa. Piensa que es la culpa la que nos hace recordar, al menos alrededor de eso es que mis recuerdos giran. Pero ya verás cómo todo esto caerá como una terrible fiesta; lo que el comunismo logró por medio de la estupidez o de la ideología, ahora el capitalismo lo absorbe, y se gana una paz jamás declarada. Ni Antígona entierra el cadáver de Ismena, ni Creón se opondrá. Todo es una comedia muy mala. Y yo se supone que le toque a esas almas una melodía; para qué, ¿para que olviden? Ya ves que ni la música sirve para luchar contra la estupidez.

Rostrópovivh me dio una de las mejores lecciones de literatura que he podido escuchar en toda mi vida académica. Superaba a todos mis maestros del doctorado. La literatura está hecha para leerse no para estudiarse, eso la hace más cercana de la vida que es finalmente para lo que sirve, no para aliarla con teorías inútiles o polémicas filológicas o biográficas. Aunque la gente deje de leer novelas quedaría, al menos, esta extraña forma de vida en la literatura. Cuando comenzaron a llegar los periodistas quise irme no sin antes pedirle un autógrafo, pero no para mí, sino para Milena.

—¿Para Milena Viterbo, la violonchelista?

—¿La conoce? —le pregunté.

—Cómo no conocerla. La escuché en Washington tocando el *Triple concierto para violín, violonchelo y piano* de Beethoven y me parece magistral. Después del concierto tomamos unas copas; me parece una mujer extraordinaria. Envíele mis felicitaciones. ¿Es usted su novio?

—No exactamente.

—Ya entiendo. Recuerdo haberla visto con un señor mayor con acento belga; hablan el inglés con un rastro de alemán y de francés. No pongas esa cara de novelista frustrado. Esa fue la misma que me puso Alexander Solzhenitsyn. Recuerdo que le dije que sólo se puede poner esa cara por una mujer o por una novela que estés escribiendo, pero no por un país. No. Entonces me dijo que lo perseguían por una novela. Y ambos terminamos en el exilio. Así que vamos. A ti no te ha pasado nada. No puedes esperar mucho amor de los músicos. Pasan más tiempo amando y odiando con las manos que les queda muy poco para aliarse a una sola persona. Hay soledades que son intransferibles. Aunque no me quejo de mi mujer. Vale por dos y con eso se lo digo todo; estaré viejo pero… basta de indiscreciones que ahí vienen los periodistas. No lo repitas.

Pagué la cuenta, me despedí del mesero, tomé mis maletas y la urna y salí regocijado. Cuando salí vi una bandada de periodistas que se acercaban y otros que estaban cerca de las ruinas del Muro para esperar que Rostrópovich se dignara a tocar algo. Recordé aquella película de Fellini *Ensayo de orquesta* en la que comienzan a llegar los músicos y son entrevistados por la cámara. Éstos hablan de sus instrumentos y su importancia en la orquesta, hasta llegar a la estupidez. Después llega el director, un alemán, se para detrás del podio y comienza a dirigir y a insultar a los que no tocan bien. A cada rato el recinto donde tocan es movido como si construyeran en algún lugar aledaño. Pero los músicos comienzan a protestar, se toman un descanzo sin casí haber tocado y cuando el director regresa encuentra que todos protestan. Hay grafitis en las paredes, la pianista copula con el oboísta debajo del piano, una arpista toca, del techo cae polvo, un violinista saca una pistola y al rato una bola de hierro derrumba una de las paredes. Muere la arpista y el arpa queda enterrada entre los escombros. Entonces, el director retoma sus labores y todos, entre una nube de polvo y ruinas, todos tocan con gracia, pasión, como si esperaran que algo se derrumbara para que la música funcione.

11 Me dirigí al taller de Silencia. Allí tomaría un taxi hasta el aeropuerto de Tegel. De camino, no le dije a Silencia del encuentro con Rostrópovich, pero no dudé en preguntarle si me podía acompañar a despedirme de su padre. Y aceptó. Pero cuando llegamos no se quiso bajar, algo que sabía que podía pasar. Gustav no estaba sólo. Alexei dormía en el sillón y no lo quise despertar. Me asomé a la ventana y vi a Silencia en el taxi esperándome. Carlota, la enfermera, no estaba. Pero le dejé un poemario de Rilke, *Los sonetos a Orfeo*, que había comprado con el propósito de leerle algo a Gustav. Lo miré, le tomé la mano, hinchada por el suero y las sondas, y le pasé la mano por su cabello, algo canoso. Tenía que aceptarlo, los que han visto a su padre una sola

vez se conforman con cualquier comatoso. Me sentí algo estúpido cuando se me aguaron los ojos. Pero era mejor así. En la cómoda estaba el retrato de Gustave y Alexei tomada con una de sus cámaras miniaturas. Miré por la ventana intentando memorizar la única vista que tuve en mi estadía en Berlín. Pero la nieve me devolvió eso que ella sabe decir muy bien: nada y frío.

Cuando pasábamos por la Unter der Linden, cerca de la puerta de Branderburgo donde nos habíamos conocido, Silencia hizo un gesto para que el taxi parara. Antes de bajarse me dio el mapa de Berlín Occidental que juntos habíamos ensalivado. Así no me perdería cuando no estuviera en Berlín. Me dio un beso como la primera vez devolviéndome silencio con silencio y cerró la puerta para que no me bajara. Ella hizo otro gesto para que el taxi siguiera. Lo entendí: Silencia sería de esas mujeres que siempre estarán ahí, sobre todo para tallarle los epitafios a mi propia tumba. El taxi siguió. Miré hacia atrás, pero no me despedí con la mano como quizás hubiese hecho. Silencia sabía que me había enamorado del amor que sentía por ella, quizás de la pena, de lo que no decía, de lo que quería decir, de sus gestos... Me quedé mirándola, como Orfeo lo hubiese hecho, hasta alejarse.

Siempre me he preguntado si Orfeo, cuando bajó a los infiernos a buscar a su amada Eurídice, sabiendo que si miraba atrás Euridice se convertiría en una estatua de sal, Orfeo supo que tenía que mirar o fue un simple olvido. En los mitos griegos todo pasa con cierta velocidad, como ahora. Con la diferencia de que nuestra velocidad es la autobiografía del olvido. Me gustaría pensar que Orfeo no olvidó, sino que miró hacia atrás sabiendo lo que hacía. Dejó que Eurídice se convirtiera en estatua para tener qué cantar. Para que los dioses siguieran alabando su canto funesto.

Cuando doblamos en la rotonda donde está la estatua de la Victoria, en la Straße 17 Juni, no había rastro de Silencia. Sabía que no cantaría, no quería arruinarle el trabajo al taxista, pero a mis espaldas quedaba una estatua que mirar.

12 El vuelo fue bastante normal. Ocho horas después hice escala en New York en el JFK camino a Austin y me tocó sentarme en la cola del avión. Me resultaba extraño que todo el vuelo estuviera vendido y el asiento que estaba a mi lado estuviera vacío. Para la compañía puse la urna de Ernesto en el asiento desocupado y le coloqué el cinturón de seguridad. Nada mejor que unas cenizas bien aseguradas. Para mi suerte no tenía ventana y mi asiento quedaba cerca de las cortinas en donde las azafatas servían la comida. Y eso contenía ya una desventaja: era el último en comer. Tenía que aceptarlo: la derrota es de esas pocas cosas que me permito.

Al menos, desde la cola del avión tenía una buena perspectiva: las azafatas. No podía negar que todas se veían muy bien. Hasta llegué a pensar que para ser azafata había que ser guapa. Cuando el avión comenzó a tambalearse una de las azafatas se sentó a mi lado tiritando del nerviosismo. Tuve que sacar la urna de Ernesto, pero esta vez no le hablé como a veces, bueno desde que la tengo; no quería levantar sospechas. Tenía el pelo negro, lacio, muerto y brilloso como las orientales, era menuda, le acompañaba un buen pecho, cintura fina, aunque tenía pocas nalgas. Pero eso ya no me preocupaba, después de todo no sé que hacer con tanta carne cuando me interesa una herida y un abismo precedido de arrugas.

Las veces que he estado con una mujer nalgona, como nos gusta a los caribeños, y quiero lamerla desde atrás me da la impresión de que me puedo quedar sin aire si no le pongo algo entre medio que aguante esos dos hemisferios. Una vez traté, con la única negra que me he ido a la cama, de no perder la respiración y coloqué un cepillo de dientes entre ambas nalgas (fue lo primero que encontré, pues estábamos en el baño) y terminé usando más las cerdas del cepillo que mi lengua para darle algo de placer.

Ni siquiera conocía a la azafata y ya me la imaginaba de espaldas; quizás era el recuerdo de la última vez que estuve con Silencia. La azafata estaba temblando y me aventuré a ponerle la mano encima de la suya. Ella me miró y me dio una mirada a la que respondí: era de gratitud, pero más intensa, como esa mirada que dan algunas mujeres después de darle el placer que necesitan. Era oriental, los ojos almendrados, negros, y los pómulos bien marcados. Le dije que no se preocupara y me apretó la mano. Ella se sorprendió. Me dijo que si pensaba que era extraña era que su madre era vietnamita y su padre norteamericano; esa era la excusa que siempre daba.

Me dijo que se llamaba Lin Mei y que había estudiado literatura y lenguas en Princeton, pero prefería trabajar de azafata.

—Así leo más literatura —me dijo.

Las turbulencias continuaron, pero vi en su rostro una especie de relajación, pues no me soltó la mano. Le dije que si le molestaba el sudor de mi mano la podía retirar y me dijo que por eso la dejaba. Le gustaba la humedad. Me sonrojé por su mirada. Pero luego explicó que padecía de una enfermedad en unas glándulas las cuales no le permiten llorar.

—Bueno, puedo llorar, pero no salen lágrimas. Que es peor.

Le iba a decir algo cursi como: «Puedo llorar por ti», o algo así, pero puse cara de interés para que continuara su conversación sobre su enfermedad. Creo que comenzar por ahí es bueno si uno quiere conocer a alguien. Aunque pocas mujeres comprenden mi enfermedad por convertirme en escritor, algo realmente serio. Prefiero decirles que estoy muerto y, entonces, me preguntan si escribo. Volví a apretar su mano, pero las turbulencias amainaron. Se levantó y me dijo, antes que a nadie, que me abrochara el cinturón, tanto yo como a la urna, pues pronto entraríamos en *velocidad de pérdida*. Le dije que nunca había escuchado éso. Ella se acercó, se bajó, me enseñó con alevosía su pecho a punto de salirse de la camisa y me dijo que era la velocidad mínima a la que un aeronave es capaz de volar manteniéndose en el aire, consiguiendo así igualar su peso y no perder altura. Se disminuye la velocidad reduciendo el empuje de los motores, pero el piloto debe aumentar el ángulo de ataque para que no pierda altura. Miró para atrás a ver si nadie miraba y me puso la mano encima de mi ángel anfibio y me dijo:

—Espero que ese ángulo de ataque continúe así.

No sé qué es peor: que una mujer sepa que tienes una erección o que descubra que todavía ella tiene que hacer algo más. Para disimular le pedí el teléfono. Me dijo que no tenía. Pero me dio una dirección de una habitación para encontrarnos en el hotel Berguson del aeropuerto de Austin.

—Yo no tengo casa, paso mi vida en los hoteles de los aeropuertos.

Dio la vuelta y la seguí con la vista por todo el corredor del avión mirando su cuerpo, perfectas para cargar media felicidad. Me puse el cinturón como pude y una almohada entre las piernas para disimular la algarabía de mi ángel anfibio, en posición de ataque. El capitán anunció por los altavoces el aterrizaje. Recordé lo que me había dicho Lin Mei sobre la velocidad de pérdida en la que entrábamos. Y pensé que para alcanzar cierta velocidad había que acumular ciertos olvidos usados en la memoria; yo, al menos, ya tenía las cenizas de un buen amigo a mi lado, una ideología estrujada, un padre y una ciudad que creo que nunca encontré, una novela comenzada y una falsa ruina en la maleta.

San Juan-Dorado, octubre 2007- enero 2009